烟花烟火

谷雨 著

新 华 出 版 社

图书在版编目（CIP）数据

烟花烟火 / 谷雨著 . -- 北京 ：新华出版社，
2023.8

ISBN 978-7-5166-6874-0

Ⅰ．①烟… Ⅱ．①谷… Ⅲ．①散文集－中国－当代②
诗集－中国－当代 Ⅳ．① I217.2

中国国家版本馆 CIP 数据核字（2023）第 112867 号

烟花烟火

作　　者：谷　雨

责任编辑：李　成
封面设计：树上微出版

出版发行：新华出版社
地　　址：北京石景山区京原路 8 号　　　　邮　　编：100040
网　　址：http://www.xinhuapub.com　　http://www.xinhuanet.com
经　　销：新华书店
购书热线：010-63077122　　　　中国新闻书店购书热线：010-63072012

照　　排：树上微出版
印　　刷：湖北金港彩印有限公司
成品尺寸：142mm×210mm
印　　张：6　　　　　　　　　　　　字　　数：130 千字
版　　次：2023 年 8 月第一版　　　　印　　次：2023 年 8 月第一次印刷
书　　号：ISBN 978-7-5166-6874-0
定　　价：58.00 元

自 序

人生，三分烟花，七分烟火；一半诗意，一半俗常。

生命中总有浪漫，总有平凡；总有希望，总有落寞。

我们每一天，都在人间烟火与紫陌红尘中，缓步前行。在柴米油盐一饭一蔬中，感受生活的踏实与平淡，在日月更替春秋代序中，体验生命的细腻与曼妙。

走过人生的大江大河，看遍四季的兴衰起落，终将懂得，平常心最能供养欢乐，包容心最宜接纳生活。

食遍四方，不过一碗人间烟火；养心美景，只需二两春风秋色；温暖心底，

依附几分家常滋味；慨当以慷，豪饮一樽人生起落。

人生实苦，需，寂寂自渡；人生多趣，要，尽情尽兴。

一生太短，日子要一寸一寸地过，惜时如金；一生很长，宜缓缓行，步步安然。

愿你纵马长歌，横跨江山错落，

笑看锦绣烟花，慢品人间烟火。

目　录
Contents

卷一　烟雨四季笑看花

雨

年少时就喜欢雨。每到雨天，或蹲在檐下，静静观看雨雾中落地的雨泡，或坐在窗台，一边嗑着瓜子，一边观看玻璃窗上颗颗滚落的雨珠。

长大后依然喜欢临窗听雨。雨天宁静清新，滋养闲情。在雨天搁浅所有的琐事，与一卷书温柔相守，静享一段简净时光，是一件很奢侈浪漫的事。

今年的第一场秋雨，依然宅在家里，静静地站在窗前，听籁籁雨声敲打窗棂，看丝丝细雨飘落地面。

雨的声音是大自然轻奏的一曲交响乐，是天空向大地的倾诉，是地与天的温润缠绵，也是摇曳的树叶吟唱的秋日私语。雨声惊醒了午睡的小草和花丛，它们在细雨的抚摸中，衣袂飘飘，目光流转，散发着沁人的绿意和芳香。

雨丝层层密密滴落在马路两旁的水洼里，树丛中和草地上。铅灰的云层越发厚重，压低了城市的上空。雨天调暗了窗外的亮度，而雨滴却亮绿了草地，鲜红了屋檐，也染深了窗前一条长长的柏油路。道路在雨中闪着银色的光，向远处伸展蔓延，偶尔会有车辆踩着水碾过的声音，由近到远，像一个不识趣的来客突然打破天与地的呢喃。

喜欢看丝丝雨线飘落在水洼里凝聚成的小水泡，朵朵欢快地跳跃旋转。水汽在水泡中氤氲升腾，水花汩汩流淌像一条清泉汇聚成小溪，蜿蜒漂流韵味袅袅。小溪渐渐流进小河，悠悠缓缓。光，在水面上跳跃流连。

雨丝如帘，细细密密，缠缠绵绵。树叶在细雨轻风中摇曳，婀娜风情，顾盼神飞，妩媚翩跹。如果这时撑着伞在细雨中走过，水汽与潮湿迎面扑来，会调皮地吻得你睁不开眼，张不开嘴。雨中行走，会冷湿了衣服，却冷不了内心的温暖，如果此时有份浓浓的爱，紧紧地贴心揣着。

在窗前守着雨，似乎也能看到海的波澜，水与天际一体浑然。今生的爱恋，前世的机缘都在雨中遇见，婆娑点点。只消一滴雨的瞬间，或许你已怦然心动。秋意渐浓，涟漪交融，眉宇新凝，悠悠情渐重。

喜欢雨，也许是因为喜欢水的缘故。水的上善柔韧，百转千回，清澈纯净，与人无争却对万物包容。于低处娴静从容，于险处另成一种绝尘的恢宏，于平地则自逸安然，无欲无争，无影无形，又可方可圆。水于峰于岭于谷于林总是那么怡然自得，自成一种风景。

小雨的温顺腼腆，大雨的滂沱豪迈，暴雨的急骤狂怒，多像一对儿恋人，温存时的柔情蜜意，热恋时的激情狂吻和两个人突然闹翻时的劈头盖脸、口无遮掩。小雨清洗了世界，润湿了空气，洗刷了心灵，大雨浇灌了大地，滋养着生命，而暴雨却能变成一场灾难毁坏家园。

一场雨就像一场爱情，既有初见时细腻的温情软语，也有情深时豪注般的跌宕销魂，但有时也难逃暴虐，有多销魂就有多夺命。在每一场爱恋的开始，你拒绝不了细雨的温柔甘甜，也就无法拒绝一场可能随之而来的狂风暴雨的伤痛。

无论你喜不喜欢，该来的总是会来。总要下一场秋雨，完结对夏日的流连。以清冷覆盖记忆，浇灭难以静止的思念，即使再舍不得，可窗外的雨声会不停地提醒着你，秋天已经来临，夏日已经走远。

秋日里，倾听第一场落雨，不知我的灵魂是否也会被润湿。远方的你是否也会如我，静守一窗烟雨，在楼台茕茕孑立，孤独落寞，身影萧瑟，辗转难眠。

似乎这一生和雨有着千丝万缕的不解之缘，生命中出现的人或和雨字有关，抑或恰巧也喜欢雨。或许，我的每一场爱恋就像一场秋雨，由上天赐予，自云朵飘下，落到尘世，随着小溪蜿蜒入河，溯流入海，飞扬激越直到雨后出霁，阳光乍现就倏然不见，最终化成梦一样的彩虹，遥远地悬在天边，美丽却无法触及。

从未细想过，为什么喜欢雨。是喜欢雨天宅在家里的自由和闲适，还是灰濛的天空下突然隐匿了喧闹和浮躁，转而替代的一份恬静和安谧。是穿越时光轻轻捡拾细雨清风下的旧时回忆，还是雨珠滴滴如木鱼声声敲出内心的安宁和执守，抑或都是，抑或都不是。就像喜欢一件东西，很多时候我们只需知其然无需知其所以然，更至纯至性，简单快乐。

站在窗前观雨，突然雨停了。雨后的车子、草地、房檐都铺满了雨珠，像一颗颗水晶，星光点点。

无法忍住那亮晶晶的诱惑，穿衣下楼漫步，不知不觉走近一个不知名的小湖。

湖边的草地在雨后愈显葱郁娇嫩，像松软的绿色地毯一直铺展到如纱如绸的湖面，仿佛想诱惑你一脚踏进那静谧而深邃的湖里。

雨后的湖边，犹如仙境，一片安宁。空气中飘散着被雨露净化了的泥土和绿草的清香。置身于空旷的幽静之地，静止的画面给人一种神秘的穿越般的错觉，像是进入了另一度空间，探寻雨后的绿野仙踪。

太美的东西有时让人感到很不真实，有时美得会让人莫名伤感。不敢贪恋太久，打道回府，一路上，心里萦绕着一首歌：《时间煮雨》。

"空山新雨后，天气晚来秋。"一场秋雨最终让人冷静下来，结束了浪漫的遐想，回归现实，也多了份理性的思考。想起颇有禅意的一句话："怎样令一滴水不会干涸？"答案是："让它流入大海。"

雨亦如此，你亦如此，遂豁然释怀。

你就像这场秋雨，来时猝不及防不容拒绝，去时杳无踪迹无法挽留，而我的内心却注定在一场秋雨后发生了改变。

因为，我的世界，你曾来过。

初　雪

一直盼望着一年中初雪的日子，在冬寒里守着一窗安静和暖，盼着一场初雪，就像盼着一片春色。

入冬之后，大地渐渐褪去最后一抹绿色，至此北国的冬天直到来年四月，几乎看不见一星半点的绿意，漫长寒冬似乎让生活变得有些沉闷与寂寥。

街巷在冬日的夜晚愈发空荡清冷，偶尔三两路过的行人，裹束着厚厚的冬装，各个一脸漠然。在这样萧飒的冬天，能有一场漫天飞扬的雪花飘落，至少会让这个冬季增添一些动感，一点儿调剂和一丝温情。

初雪，姗姗来迟，终于飘落。像一个天使，唤醒人们沉睡的心灵，让行色匆匆的行人渐渐放缓脚步；又像一个精灵，掀翻时光的音乐盒，令人陷入缅怀和遐思。

喜欢雪天闲坐窗前，在繁华的转角处安享一份清淡，欣赏冬日的馈赠，感受天地的纯净，借初雪洗心入禅，与雪花倾心而谈，相知相伴。

即使是一场微雪，也能压住城市的喧嚣。雪轻轻地飘，没有声响，一笔一笔认认真真地勾绘着屋宇的轮廓、枝叶的眉梢、道路的唇线，给最后几丝露着发梢的枯草轻轻盖上白色的轻纱，又盖住小河、屋檐和房顶。

街道很快披上一层白色，大地上渐渐展开一幅水墨画，远山近水尽在画中。远处烟云雾海，氤氲缭绕；近处一草一木、一石一瓦尽现洁白，构成了极强的层次感。喜欢绘画的人会久久驻足窗前凝望，手不释卷，和画面一起组合成完整的冬日风景。

远处，枝头上的红梅依旧静默不语，暗香疏影，兀自傲立，娇艳欲滴。雪花调皮地把凉凉的脸贴在她的枝丫上。白与红鲜明对立，愈显妖娆。

"梅须逊雪三分白，雪却输梅一段香。"红梅傲雪，美景撩人，梅与雪，哪个更有韵味，哪个更值得赞美，文人骚客又怎能说得清呢？很多东西看似矛盾对立，却有着千年纠缠不断的情缘。

红梅凌寒独放，雪花冰清玉洁，两者交相辉映，不可缺一，如此，更能成就彼此风韵。雪映梅，娇而不媚；梅衬雪，清而不寒，梅与雪相映成趣，妙不可言。

雪花在风中起舞，风姿曼妙。似乎每一片雪花都带着故事，飘着浪漫，舞着风情，华丽地绽放。雪花飞扬如歌，洁白如梦，散开成画，聚拢成诗。一朵云要漂泊多久才会变成一滴雨或一片雪花，才能彩排出这场梨花散落漫天飞舞的壮观气势？

如果说雨是大自然轻奏的一曲交响乐，那么雪就是一场芭蕾舞台剧。雪花兜兜转转，在风中旋转飘落，轻盈的舞姿就像芭蕾舞少女的脚尖，婀娜地抬起又美妙地落地。

初雪，洗净了岁月，温柔了时光。雪中的孩子眼里透着欢喜，在隆冬里恣意嬉戏，偶尔捧起一把地上的雪抛向天空，随着飞扬的白雾洒落一地的欢声笑语。

看着雪花飞舞翩翩若蝶，我也像一个孩童一样满心感动，满眼渴望，满脸温情，忍不住下了楼，走进雪里。

晶莹剔透的雪花轻轻飘落，一片一片，细软无声，向大地洒去一朵朵柳絮，织成羽毛，织成玉锦，最后连成一片白色的羽绒地毯，踩上去，绵软轻柔。

雪色倾城，洁白素雅。庄严的世界里，我仿佛看见自己的前世，曾虔诚地踏过一张红地毯，像此刻一样，心里充满感恩、圣洁和渴望。

踏雪漫步，有点儿睁不开眼。雪花漫舞，时而激速拍打我的长发，时而轻柔抚摸我微凉的脸颊。走在雪里，身影被慢慢染成洁白，渐渐融进雪色。

雪花飘过山岗，河流，屋檐，树梢，飘得累了倦了，倏然间在大地上变成了无数个雪人儿，睁着顽皮的眼，笑看着她的作品。被施了魔咒的世界，在它点化成的晶莹的童话之境里，有人在哭，有人在笑，有人爱着，有人痛着。而我最终还是轻轻抖掉了沾在身上的雪花，不再探究你我的情意到底有多深，也不再去想，与你的缘分还能维系多久。清丽的世界，爱不减就会温暖常在，有爱，就不再惧怕冬的严寒。

海的对岸，那场撩拨心弦的雪曾先一步降临在北国小岛，雪中红梅格外娇艳。你独步风中，踏雪寻梅的身影抖落一片片孤寂，脚印烙在雪里，刻画出形单影只的苍凉。你差点滑倒的瞬间，那片飞雪跌进了我的诗行。隔着光纤，共赏北国初雪，你的手机直播成了我临摹的画布。森林幽寂，落木萧萧，我在万里之外忍不住伸手触摸，远方的温度。雪后的屏幕沉寂了，单一的白色，在你的手机中凝固成清绝而凛冽的遗忘。

纽约的这场初雪来得婉约含蓄内敛，并没有预想的壮观，不像海对岸那场豪雪，酝酿已久带着甘冽之气，初来乍到就铺天盖地崭露霸气炫目的美，碎琼乱玉，洋洋洒洒卷席着寒风刺骨的肆虐，气吞山河。

纽约的雪和彼岸北国的初雪相呼应，仿佛应约而来，带着微微寒凉，以落英缤纷的姿态，轻轻地飘落，像是一场温柔的试探，又像是冬雪的预演让你有个心理准备，以至于不再措手不及，又爱又痛。它来得轻盈，去得委婉，直到夜半时分，在你的梦里轻轻转了一圈就在天明悄悄散去，让人心生欢喜又怅然若失。

喜欢在雪天给自己买一束鲜花，放在房间里。窗外雪花素洁，室内鲜花娉婷，即使冰天雪地，也不活在黑白世界里。在倾城雪色与花香袅袅中看着一朵花慢慢地绽放，在余香袅袅中渐渐收尾，灿烂到底，一颗心也随着花香渐渐沉淀下来，宁静，坦然。即使是在冬季，生活中依旧会有靓丽的色彩。热爱生活的人，心中有诗，处处清欢，风吹不散，雨淋不湿。

每一朵花如同生命中遇见的每一位良人，值得悉心呵护和善待，因为它点缀了你的窗台，驱散着你的孤寂，燃靓生活的缤纷，温暖了岁月，留给你美好的回忆。

能在初雪的日子静静守望和祈愿是一种福分，一种祥和，一种满足。这场雪一定会来，或早或晚，无法躲避，就像生命中的一场爱恋，遇见总是有缘由，无论给予你的是欢喜还是失落，教会你的是感恩还是善待。

人生的阡陌中，不要让自己负重太多，拿不起的适时放下，扛不动的适时松开，想不通的不再执迷，爱恋再深也要懂得自持自爱。人在世间，要常自省并学会与自己和解。余生不长，到了一定年纪开始学会做减法。越是简单越明净通透，就像这场初雪，素与简才是至真至美。

十二月的雪总是一半透着寒凉的理性，一半含着初雪的浪漫和感性，给人一种隆重的仪式感，像是与即将过去的一年做深情的道别，在祈愿与希冀中迎来崭新的岁月。

没有谁能留得住初雪，但它注定开启了一个新的季节，漫漫寒冬正式拉开序幕。而冬天之后，盈盈春天和旖旎夏季依然会如约而来。

花

又到了花开的季节。寻常巷陌和每家每户的小院子里开满了各种各样的花。

紫荆花灿若红霞，一簇簇的花朵紧贴树枝，娇艳欲滴；玉兰花沉静地绽放，宠辱不惊，清香袅袅；香雪兰花色素雅，小巧清秀，清幽似兰；百合花纯白如雪，淡淡清香，沁人心脾。

菊花五彩缤纷，绚丽多姿，浓淡相宜，又沉静自如；月季风姿绰约，色彩艳丽，四季常开，且流香四溢。杜鹃花空灵含蓄，红杜鹃娇艳明媚像晚霞，白杜鹃素净淡雅白胜雪。"何须名苑看春风，一路山花不负侬。日日锦江呈锦样，清溪倒照映山红"。在宋代诗人杨万里眼中，漫山遍野的杜鹃花次第盛放，美不胜收，远胜名苑花草，清爽宜人。

醉蝶花虽花香不浓，但形状艳丽，花蕊细长，飘逸灵动。木槿虽不醒目招摇，却温柔坚韧，娴静清淡，无惧风尘，生命力顽强。海棠更是不甘寂寞，一树树竞相开放，亭亭玉立，艳而不娇。"东风袅袅泛崇光，香雾空蒙月转廊。只恐夜深花睡去，故烧高烛照红妆"。苏轼的诗表达了诗人的浪漫，也写出了对海棠浓浓的钟爱。

看到芍药，想起《甄嬛传》里的一幕。后宫嫔妃一起在后花园赏花，华妃借指一朵粉红牡丹，说次色而非正红，暗讽皇后的庶出身份，却把自己比作一朵鲜红的芍药，虽非花王，却是嫣红夺目，大方正色。皇后顿时一脸难堪。甄嬛上前一步，献上刘禹锡的那句，"庭前芍药妖无格，池上芙蕖净少情。唯有牡丹真国色，花开时节动京城。"为皇后解了围。能与牡丹相提并论，芍药甘居其后，也无限荣光。

在纽约街巷从未见过牡丹，芍药虽不曾惊艳于我，能在异乡一睹它的雍容华美也能聊解乡思，心满意足。

百花齐放，姹紫嫣红，满街芳香，耐人寻味。

纽约四月，马路边，花园里，似乎一夜之间，所有的樱花势不可挡，带着擎天撼地的气势轰轰烈烈一同绽放。一树树的粉红点缀着街景，燃亮了春天，温柔了时光。

世间的花卉更是千姿百态，风情万种。兰花高洁内敛，含蓄淡雅；梅花凉沁冷艳，孤高清丽；水仙甜美清俊，深情坚定；丁香纯净纤柔，不染铅华。

不同的时代，不同的人，喜欢的花大有不同。先秦人喜兰草，晋人崇菊，南北朝对莲情有独钟，唐人甚喜牡丹，宋人则偏爱梅。一朵花和一个王朝竟有着千丝万缕的不解之缘。比如唐，盛世辉煌，万国来朝，威加海内的唐风华韵与牡丹的雍容华贵、国色天香、光彩四溢的气度相映生辉、相得益彰。

花草吸天地之精华，采日月之灵气，性灵通透，本无高低贵贱之分，只因时代风气与审美、各人情趣与心性的不同，被赋予了不同的风骨与内涵。

给我印象最深的是年少时遇见的两种花。一是夜来香，又名月见草。傍晚见月开花，天亮凋谢，因此得名月见草。小时候，同学家的院子里种着大片的这种花。夏天的夜晚，每次经过她家门前，都有淡淡幽香扑鼻。夜来香不世故，不喧嚣，不在阳光下蜂蝶间炫耀自己的姿容，只在夜晚悄悄绽放，散发出汩汩暗香。

当月光洒满大地，百花正在沉睡，人们即将休息的时刻，夜来香静守长夜，幽香满庭，芬芳遗世，不问聚散，就像人间的一缕清光，安抚着城市的喧嚣，静伴有缘人走过刹那韶华。

还有一种花，名叫大花马齿苋，俗名"死不了"。黑黑的比芝麻还小的几粒花种，随意丢进土里，不需要精心侍弄，就能长出绿芽，之后开出五颜六色的小花。

看遍大千世界的奇花异草和满山遍野的绚丽多姿，愈加喜欢这种花。喜欢她的简单，干脆，不造作。像朴实的乡村小姑娘，身上带着泥土的气息，脸上挂着快乐满足的笑容。

最感佩的是它惊人的生命力，无论室内室外墙脚路边，无论盆栽院植任何角落，哪怕风吹雨打干涸贫瘠，都不易枯死。随意掐一小段根茎埋进土里，过几天，就会给你一盆的绿意和惊喜。

当各种不同颜色的花朵渐次绽放，你再不会嫌弃它的质朴。虽没有蔷薇的妩媚，玫瑰的妖娆，但那些色彩丰富，大小均匀的小花朵一样能驱散窗台的寂寞，燃亮岁月的门楣，装点朴素的时光。它委身市井，洗尽铅华，不疾不徐，自有韵致，自成风景。如果你心情低落，意志消沉，或在红尘奔波身心疲惫，看看守候在角落里的她们，那样地淡静自持，温和清雅，兀自绽放，坦然于心，任尘世纷纭扰攘，淡看春秋更替。你会豁然开朗，眉宇舒展，心情因她的启示瞬间亮丽起来。

今年第一次亲手种花。从选种、买花盆花土，到日日浇水除草，直至满院花香扑鼻，春意盎然。当朵朵鲜花爬上枝头，陶醉在小小的成就感中，不禁感慨，其实，种花最大的乐趣是在最初的企盼和未知的等待过程中。春华秋实，人生又何尝不是。沧桑年倦，风华流沙，人生的全部意义尽在过程。

喜欢这样的幽静，春天里，坐在庭院中，静待一朵朵花开。以安宁之心蘸满愉悦，为一颗颗花蕾着色，直至鲜花盛放，满园芳香，与一切美好遇见，重逢。

一叶知秋

今晚，皓月当空。坐在窗前，忽觉一丝凉风袭来。心中一顿，秋天竟悄悄而至了。

一想到入秋，脑海中不自觉地涌起几幅秋天的图画，满山遍野的金黄和璀璨，落叶缤纷的绚丽和沉静，秋风席卷落叶后的萧索和空寂，迷离闪烁的秋月蕴涵的明净和禅机。

一年四季，每一个季节都会给人不同的启示和体验。春似初恋，心有所盼，寸阴若岁，温澜潮生。夏似热恋，繁华浓烈，荡气回肠，赫赫炎炎。秋天沉寂萧瑟，看似薄凉与冷漠，却饱含成熟与静美。恋在深秋，缱绻缠绵，只盼与岁月共情长，直至地老天荒。冬似晚晴，守着一窗安详，与爱相濡以沫，与时光慢慢终老，再冷的寒冬也会心如暖阳。

每个季节都会有所馈赠，每一年我们也都会成长。秋天是收获的季节，金秋十月，丰收的不只是土地，还有心灵。有人收获事业，有人收获友谊，有人收获知识，有人收获爱情。在秋天，若两情相悦，则心如秋阳，明媚清朗，不胜欢喜。若与爱失之交臂，一个人的秋天会愈显孤单和悲凉。

"世事一场大梦，人生几度秋凉。"人生如梦，秋天是梦醒的季节。人世间有太多的猝不及防，既然无处躲避，与其慌张，不如坚强。珍惜所拥有的，放手已失去的，紧紧抓住过去不舍得松开，又怎能启动一个崭新的开始，投入全新的生活。

爱情来了会去，去了又来。无论你身处何地，总有一季盛夏为你花开，总有一人会为你等待，在孤身逆旅中与你相逢，随着灵魂的牵引，与你迈进尘世的纠缠。爱的神奇之处在于，彼此会通过对方发现这个世界更加美丽，对人世悲欢也会多一份包容，从而更爱自己，爱自然，爱生活。

叶瘦花残，秋天是一个忧伤的季节。秋燕南飞，寒蝉凄切，云飞涛走，落叶空山。秋风席卷了盛夏的缤纷，秋雨涤荡了岁月的风尘，秋月映照着人世的悲欢，秋夜沉淀着境遇的浮沉。岁月不居，时节如流，秋天的一切景致都在诠释着生命。

每个人的一生中都会遇到一些坎坷，甚至可能经历一场巨大的灾难，能否浴火重生，要看我们求生的意志和能力。心若强大，可承载万物起灭；心若羸弱，不堪秋风摇曳。任何时候，不要把感情当做救命稻草，寄希望于别人，远不如自救稳固踏实。风平浪静时，韬光养晦，且把日子过得风生水起，笃行致远；山雨欲来时，无畏无惧，果敢面对，厚积薄发。生活的每一次锤炼，都是成长和进步的阶梯，人生的每一次沉淀和自渡，都能让内心变得更强大壮阔。

"山远天高烟水寒，相思枫叶丹。"枫红水寒，秋天是相思的季节。其实，被思念并不是最幸福的，思念谁才是。只有思念，才能深刻体验牵肠挂肚，朝思暮想，欲罢不能的滋味，而被思念往往是没有这种感觉的。无需自欺，无需逃避，更无需刻意掩藏或寻找代替，心里揣着一人，是一件甜蜜幸福的事。若心有所爱，值得想念，就狠狠思念吧，别怕疼。有一天当痛的感觉没有了，你会怀念那已悄悄远去的爱着的日子。人生一半清醒，一半沉醉，一半克制，一半随性，一生中能有那么一次不计回报的沦陷，不遗憾。

思念并非死缠烂打、纠缠不休，也不等于却步不前，忽视前方的风景，彻底地封闭自己。只是给自己一个私密的情感空间，也给心灵一段时间转弯，与相思独处，在灵魂深处静静体味情爱悲欢。思念最高的境界是无欲无求。不求得到，不计回报地思念，是最深情厚重的爱恋。

长久的思念，会让情感内敛到一种珍藏。秋风骤起，万物沉寂，或许在不经意间相思偶尔恣意蔓延，直到若即若离的惆怅占了上风，孤独至极，狠狠地又想念一顿，再把相思慢慢叠起，妥帖收藏。风停云散，纷繁内心亦渐渐回归宁静，一如秋水，淡然平和，波澜不惊。

"萧萧黄叶闭疏窗，沉思往事立残阳"。秋景疏淡清逸，秋天是一个适合沉思的季节。光阴寂静，山水空灵，倦鸟归巢，渔舟唱晚。秋天蕴含着禅的意境，懂得了秋天，就会懂得红尘冷暖，看淡爱恨缠绵。

有些情谊，不适合浓墨重彩，只宜清淡相持；有些聚散，无需太过介怀，只需任其自然。花草有兴衰枯荣，人生有沉浮起落。读懂了秋韵，便能从万象纷纭中走出，从容自若，心如清莲。

秋天是一个沉淀的季节，秋水明净清澈，能过滤心情和往事。凡来尘往，花落沉香，秋天万物清淡，让人安宁。

出生时，我们两手握拳而来，空无一物，走着走着包袱就多了，越走越累。生命行至人生之秋，应该坐下来，歇一歇，多自省，关注自我的身心康健；常自察，删减行囊的繁缛沉重。生命是一个删繁就简的过程，早些看透世相，悟透人生，卸下负重，放下牵挂，就能提前给自己解绑减压。光阴里行走最美的姿态是轻装而行，淡然从容，随遇而安。

人生是一场长途跋涉，行至秋天，行囊里已收获满满，有世间美景，有往来人事。人生一世，总有些回忆不忍忘记，总有些风景，占据内心。生命，就是一场场的相遇与离别的过程。在这过程中，我们学会自我解惑，自我成全，与自然贴近，与四季同行，直到繁华落尽，修得圆满，方见生命本真。

"微云淡河汉，疏雨滴梧桐"。秋天是一个令人醒悟的季节。秋天平和、饱满、辽阔、静美，蕴含所有季节的味道。

把每一天都当成崭新的开始，把每一件事都当做天赐机缘，把每一个人都看成人生初见，对待每一段情感都如人生初恋。带着愉悦的心情，体味秋日烟雨，感受芬芳岁月，笑看缤纷世间。

生命离不开情感的支撑和润色，生活更需要安宁和谐的状态作为生命存在的载体。身处温暖和舒适的环境中，即使某天没了爱的感觉，也不会觉得秋有浓浓的悲凉，日子每天都是新的，每天的生活都该充满快乐与期待，因为，你永远不知道前方会出现什么样的风景。

如果擦肩而过注定成为错过，我只能安静地等待和守候，任由喜欢与爱由冲动和激情，渐渐转化为一股深海潜流，沉在心底，源远流长。当所有欢乐与悲伤被时间冲刷得慢慢回归最初的宁静，沉积在心河底层的便是我一生遇到的美好和缘分，它会最终神化成一种能量，一直在那里，不增不减，守护着，伴随我。

读懂了秋天，就读懂了人生，生活的色彩不但不会平淡无味，反而因为清晰透明而益见馨香馥郁。

纽约四月

纽约的早春，时寒时暖，乍雨乍晴，大地渐渐温润苏醒。

纽约四月，次第花开，新绿渐浓，草木拔节生长，寸寸向暖。

桃花是最浪漫的使者，是春天里的第一份惊喜和感动，娇羞吐蕊，脉脉含情；梨花微雨，纤秀俏丽，与桃花相映绽放，清香淡雅，沁人心脾；郁金香随风舞动，朵朵娇媚，色彩纷呈，向你展示春天的妖娆；樱花更是不甘寂寞，声势浩大地同时盛放，如火如荼地渲染着整个街景。

纽约的四月，春色蔓延，繁花似锦，光阴静好，岁月温良。四月的美年年相似，给人的感觉却年年不同。变化的是岁月、容颜和心境，不变的是一年一年，总会如期盛放的四月春色。

风起，雨落，花开，春暖。踩着四月的节拍缓缓出场，看青山绿水，看日出日落，看繁华市井，看垄上阡陌，静静感受生命的繁华与生动。

　　四月是最美的时节，适合读书，会友，赏花，踏青。更适宜在满园春色中，独自漫步而行，静静想念一人，走过花香小径，抖落一地相思。

　　四月的思念如春天般充满渴望与诗情。经历一冬的苦守，心中最远最深的爱，已凝为最浓最长的情。四月里的思念是一种甜蜜的忧伤，淡淡的惆怅，幸福的牵挂。四月的思念可倾注于片片花瓣，让春风捎去想念的暗香，寄给远方的爱人。

　　纽约四月，山峦叠翠，碧水含情，花香草绿，芳菲浸染，走到哪里都是好风景。如果感到烦躁、压抑、疲惫、失意，去海边看看海。感受海的辽阔与博大，心中便会愉悦安宁。

　　在美丽的海滩，观潮涨潮落、千里烟波，看海纳百川，水天一色，内心也会山河壮阔。可以和喜欢的人在海边步行道牵手漫步，深情浅释，长路徐行，让浓浓的幸福渐渐溢满四月。

　　纽约四月，山河平静，绿野辽阔，大地草木，生机勃发。无论人生多少憾事，四月，总能遇见养心养眼的风景，抚慰失意的心灵。

　　百草权舆，即欣赏桃花灼灼之明媚，栀子花开，则采撷东篱幽幽之余香，无论世界有多大，脚下的路有多远，人间最美的小径莫过于阅遍四月美景，心满意足地朝向回家的路。

在最朴素的岁月，最平淡的时光，更要觅得一片旖旎风光，涂亮生命的颜色，让生活充满期待和想象。生活的琐碎和寂寥只有在生活的细微处，用人生的画笔一笔一笔去勾兑去治愈，慢慢滋养干涸的心灵。

四月的窗外，春山如笑，莺啼燕哳。即使暂时栖居于室，可以一样怀揣美好。生活的情趣从不是一墙可以阻隔。乐观坚强的人，无论身处何地，心中有诗，生活就会充满温馨。

暂居室内，可以听歌，做瑜伽，做美食。也可以用文字记录特殊时期四月的碎片。即使不能嬉戏于百花丛中翩跹起舞，一盏茶、一卷书，都可遇见刹那芳华，燃亮室内的芳菲，留下四月的诗情。

"促促百年，矗矗行暮"。年少时，时光缓慢，我们总盼着快点长大，青春迟暮，方觉年华稍纵即逝，让人慌不择路。半生苦旅栉风沐雨，半生清闲朝花夕拾。

无论什么时候，安然做好自己，风雨欲来方可闲庭信步，天宽地阔。春天的美景，俯拾即是，安适如常，就是人生最佳的风水，从容自若即可见人世最好的风光。

"心有热烈，藏于俗藏"，藏于四季，藏于悲喜。生活一半繁华，一半落寞，一半诗意，一半凡尘，喧嚣过眼，总有宁静和深厚悄然流于心底。我们一路捡拾的惊艳记忆，在时光深处，温暖感动着自己，伴随我们一点点老去。

鲜花总是与荆棘相伴，坦途总是与坎坷接轨。只要豁达乐观，从容淡定，历经繁华亦能守住本心，尝遍世间凉薄，依然心意向暖；跌落低谷不沉沦绝望，耐得住孤苦清冷，必能享得住长远。一个人暂时守望的日子，岁月照样可以静好，因为远方有爱，梦中有诗，生命有所期待。

日子渐渐变暖，愿一杯热茶，一个明媚的清晨，一缕温暖的阳光，可以扫除你心灵的尘埃，驱散一冬的萧瑟和落寞。

春天之美，不只是春光明媚自然之美，还有人间的真情真意、善良大爱之美。

这个特殊而艰难的一年，人世间有很多痛心与遗憾，也有很多感动和温暖。愿这个春天，人们不因苦难变得无情和冷漠，而是因困苦更加坚韧和有爱。彼此给予春天般的温情、善意和关爱。

春回大地，万物伊始，春天是一个生长复苏的季节，万物生生不息。愿所有的创伤在春天里愈合，人世的孤苦在春天里终结。愿世间有更多的良善与美好，生命更加顽强，爱情持久永恒。

四月值得我们守望企盼，在四月里播种一颗希望，用热诚和信念去浇灌，两颗心终将战胜光阴，穿越红尘的悲欢，守得云开见月明，奔赴一场前世的约定，欣然重逢，燃亮彼此的生命，自此余生，贴心相伴。

愿你，在最美的季节，心有所倚，情有所寄，日日向暖，御风而行。遇见最美的风景，相伴最温暖的人，让明媚四月点亮繁华的生命。

四月，不仅存在于车水马龙，市井风情，山和田野，清明雨露，在所有能感知到的生命里，四月悄然而至，无处不在，环绕着你我，轻抚着人间。

卷二　腹有诗书气自华

女人如酒

　　有人说，女人如花，女人如雾，女人如烟，女人如水。我觉得不如说女人如酒。对于男人而言，他的生命中女人不可或缺。就像一桌美味佳肴，如果缺少了美酒的相伴，再豪华的盛宴都有种缺失和遗憾。一个美丽的女人，在你的身边，会让你觉得生命就像肖邦圆舞曲一样舒缓而华美地流动。

　　男人喝酒，总有各种各样的理由。人生得意须举樽庆祝，释放欢乐；失意落拓要借酒浇愁，麻醉自我。不悲不喜时，更要以酒来驱散寂寥和平淡，调剂生活的色彩。总之，男人离不开酒，就像离不开女人。

　　只要你懂得品味，女人如酒，无论甘甜还是清冽，无论低度还是高度，总会有适合你的。当然，有酒品的男人都懂得小饮移情、豪饮乱性的道理。如果你毫无节制，好酒贪杯，又眼光拙劣，也可能碰上些低质烈酒，不但沾上会头痛，而且还可能酒精中毒，运气不佳，一命呜呼也有可能。

　　懂酒的男人懂得酒性。他们了解自己，清楚自己的酒量更适宜饮哪种酒，懂得哪种酒是酒中的极品。好的女人就像陈年佳酿女儿红，冰雪封存地窖十八年，开启时飘香千里，入口绵绵。把酒一杯，春风得意，怎能不叫人沉醉其中。

没错，酒就是水做的。如果说二十岁之前的女孩如水，纯净、清澈、一尘不染，那么，二十几岁的女人，就像水果酒，晶莹剔透，拥有美丽鲜亮的容颜和飞扬的激情，同时又不缺少女的矜持。因无需承担家庭的压力，她们的全部青春和情绪都沉浸在自己的梦想里，就像水果酒的颜色，色彩斑斓，充满想象。

三十岁的女人有如一杯啤酒，热情洋溢，成熟欲滴。三十岁的女人举手投足间，流露出一种风情，一种味道，一种个性和一种修养。啤酒那韵味悠长的琥珀色和雪白的绵软泡沫，正如三十岁的女人透露着少妇的风韵和善解人意的温柔。三十岁女人的妩媚和聪颖让男人爱慕不已，欲饮踌躇，欲罢不能。最终不是在夕阳的余晖下低低叹惋，就是豪情万丈，倾其所有，让自己心甘情愿沉浸于三十岁女人致命的温柔中一醉方休。

四十岁的女人，就像一杯红酒。慢慢蕴藏，静静沉淀，终得沉香佳酿。红酒的魅力在于色香味形，它恬静、优雅、高贵又带着倾城浪漫。一杯红酒似乎蕴含着一个女人的光阴和她一生的美丽故事。遇见一杯绝美红酒，就像陷入一场致命邂逅。

四十岁女人有着自己独特的风格和生活方式，能够照自己的本性生活。四十岁的女人已不再年轻，和年轻女子相比，四十岁女人领悟了人生的真谛，拥有了圆融的智慧，展示更多的是一种高雅的韵味，品位独特，性情稳重而内敛。

四十岁的女人，经历了生活的磨砺，已找到自身的安全感，同时也找到一种归属感。她们懂得沉默，懂得藏拙，同时拥有才华和智慧，踏实地积累经济资本，沉着而不张扬，以修养和才识把事业创到顶峰，让自己不依附于男人而生存，不做男人的附庸和陪衬。这是四十岁女人的底气，也造就了四十岁女人的高雅和高度。就像一杯红酒历经生命的沉淀，曼妙醇香，闻之令人心醉，轻啜浅尝，令人沁心舒畅。一杯红酒，是一曲乐章，余音袅袅，不绝如缕；是一种相思，甜香馥郁，令人魂牵梦萦。

五十岁的女人，好像一杯白酒。处变不惊，从容淡定。刚烈中带着柔韧，柔而化刚。五十岁的女人淡泊沉静，懂得宽容与尊重。她们懂得男人一生所承载的重量，知道男儿有泪不轻弹时的脆弱，需要的只是默默无声的理解和陪伴。五十岁的女人，最懂得爱与空间的把握。她们知道，男人就像天空中飞着的风筝，而聪明的五十岁女人永远拿着线的另一头，不松不紧，张弛有度，让男人一直处在自己的视线中，又同时给男人足够的空间飞翔。

六十岁的女人，就像一杯米酒。她们的一个笑容，一个眼神，充满善良和母性的温柔，让周围的人，孩子、男人、晚辈和长辈都能感受女性的仁爱和博大胸怀。她们所有的情感都倾注在亲人身上，她们用尽一生的爱坚定地守护着全家人。六十岁的女人对爱有更深刻的理解和诠释，她们知道什么是天地间之大爱和人世间最珍贵的情怀，因此她们更懂得知足和珍惜。

女人的魅力可以体现在很多方面，如容貌、气质、性情、智慧等。经常听到这样一句话，"女孩要富着养"，很多人认为家庭出身对女人很重要。

家庭环境和早期教育固然重要，女孩长大后自身的发展和进步也至为关键。富裕的家庭能提供孩子富裕的生活，并不一定能丰富一个孩子的内在，人人内里都有着属于自己的丰富，重要的是在于怎样的开拓与释放。

无论男人女人，智慧都是最重要的，智慧是赢得成功的关键。一个女人，虽然出生时的容貌不是自己能决定的，但她可以在其他方面提升自己，比如修养、学识、谈吐、气质，等等。

聪明的女人懂得把才智发挥在工作领域，成功赚取经济资本，在物质基础之上自如建筑精神高度。独立，自信，勇敢，才智是一个女人的精神内核，拥有智慧的女人懂得，内在是一个女人永不褪色的魅力所在。

女人如酒，女人的智慧才是酒的精华和灵魂。它决定着酒的色香味形，让自身全部的美凝集一体尽情绽放而又体现于无形。

　　拥有智慧的女人犹如一杯曼妙醇香的酒，智慧让女人永远持有绵绵不绝的韵味，浮动着丝丝暗香，散发着温润的光芒。

读书随笔

五月暖暖的阳光下，坐在花园里静静读书，感觉心境澄明，岁月静好。

书是韩国作家崔仁浩写的小说《商道》。这本书写的是朝鲜正祖至朝鲜宪宗时期的商界奇才林尚沃，从白手起家到大富大贵，最后功成身退的故事。

林尚沃在朝鲜享有"天下第一商"之称，如同中国的红顶商人胡雪岩，两人都于十九世纪离世，不同的是，胡雪岩晚景悲惨，林尚沃结局圆满。

《商道》以故事的叙述方式展开，书中引用了许多《史记》《论语》《易经》中的典故，用佛法的博大精粹阐释主人公林尚沃经商和处事的原则："财上平如水，做人直上横。"用佛法诠释商道更寓做人之道，把哲理融入故事，娓娓道来，升华了传统文化的同时又把故事讲述得趣味横生。

一个韩国作家，对中国历史了解得如此透彻精深，令人喷啧称奇，把中国传统文化的智慧和良善演绎得熠熠生辉，令人叹绝。

小说结尾，一代商业枭雄林尚沃舍弃荣华富贵，追寻自然和灵魂，以耕农身份过着一种淡然、清净的生活，体现了佛法、商道和为人之道三者相通的至高境界：回归，回归生命的本真。

佛法精深博远，可以安定人心，能体悟多少，却取决于个人的慧根和佛缘。

同一本书，每个人读后感悟会有所不同，因为每个人的兴趣、心境和人生观不同。如同一道风景，在不同人的眼中会呈现不同的风貌。一个富有生活情趣的人处处可见赏心悦目的景色，一个消极沮丧或注重物欲的人却很容易忽视身边的景致。

人生很多美好的事物需要一位知音共同分享才更有意义。只有心灵的默契，心境的相同，性情的相合，在同一事物的感受中才能共情共鸣，体验到心有戚戚的快乐和喜悦。

读书是一场穿越时光的文化之旅。与一本好书相逢，如遇知音。那些已流淌千年的经世古卷，即使笔墨古朴陈旧，也不会被时光湮没，反而经岁月的洗礼，历久弥香。

读书可以提升才华，滋养性情，愉悦自己，安顿心灵。偷得浮生半日，静下心来，与一壶茶，一卷书相伴，与文字同悲喜，不离弃，共婵娟，即是享受也是风雅。

小小书卷，蕴含人间百相，万千世态。从帝王将相到贩夫走卒，铁马金戈到飞禽走兽，山石草木到人间烟火，方寸之间，应有尽有。打开小小书本，穿透黑白世界，可见广阔天地，神奇瑰丽。随之惊心动魄，直至海阔天空，随之风花雪月，终至参禅入定，百种滋味，韵味无穷。

无论清风朗日，还是落雨飞雪，书都是最好的陪伴。无需缛礼，可与千古风流人物相逢；无需言语，能与书中知己交付真心。失落时可在书中找到慰藉，失意时能在文字里熨平心绪。遇到挫折可在浩瀚书海悟出先机，找到出口；绝望时，能从书籍获得力量，在翰墨书香遇见另一个自己。

有书为伴，如沐浩荡清风，在清雅闲逸中洗澈心灵；如秉一盏明灯，始终保持明净透亮；如饮陈年佳酿，清香馥郁，口齿留香。读书的最高境界，可将情仇爱恨、人世冷暖全部安置在字里行间，抛却利禄功名，以墨香熏染四季，坐至时光深处，物我两忘，超然自逸。

很多人经历了岁月风霜，值到年华渐老，青春迟暮，方能活得清醒，活得轻盈，活得通透。若想一生丰富而精彩，唯有年轻时多读书，努力拼搏，行至暮年才能真正享得住安稳清静、天宽水阔。没有痛苦的蛰伏，何来蝴蝶破茧而出的美丽蜕变；未经逆境的磨炼，如何抵达波澜不惊的优雅从容。

　　少年不努力就享受安逸和清静，性情里难免会注入懒惰消极的因素。只有尝过人生的曲折和苦闷，历经起落沉浮的挣扎和洗礼，去除青春的浮躁，沉淀生活的阅历，才能真正理解生命的意义，让灵魂厚重而丰盈。经过奋斗积聚了一定的经济基础，再选择简单生活，回归平淡，是一种从容和大智慧。迫不得已而选择简单生活有时是一种低能和无奈。

　　周国平说，"人生的态度，宜在进取和超脱之间寻求一种平衡。"进取是努力向上的意志，超脱，是一种真性情。真正的超脱来自彻悟人生的大智慧，或净化灵魂的大信仰。超脱的人是对人生有深刻见解的人。正如《商道》里，林尚沃在得道后选择回归，就是一种真正的超脱。

　　各种时尚和通俗都会转瞬即逝，唯有知识和文化带给人持久的温暖和力量。年轻时应多读书，积累学识和才干，适当尝试与创新，并时时自省，正确判断自己的能力和特长，选对正确的行业，开发出自己的最大价值。选对事业，等于选对了三分之一的人生。选对事业，才能有更多时间和精力把另外三分之二的生命经营得丰富多彩。

　　即使拥有再多的财富，如果自由时间很少，就不算真正的成功。一个人无论从事什么工作，多么热爱自己的事业，都要为自己保留一份开阔的心灵空间，一种内在的从容和闲适。闲适却不散漫，闲适的人才能静静感受自我，在自己的天地里悠然自得，内心宁静而澄澈。

　　我认为，事业大体可分三种状态：技，艺，道。工作娴熟，处理事情游刃有余，是为技；在工作中融入美和文化，完成工作的过程同时展示出一种修为和艺术，让人感到愉悦和享受，让技术得到升华，是为艺；道是一种最高的境界，它包含对时代和生命的体验和思考。道也是中华传统文化最核心的概念。道法自然，无声无形，道自有道，大道至简。道在有我之中，达到一种无我的状态；道包罗万象，涵盖世间万物。

　　见闻多少事，读过多少书，不一定能真正习得淡定从容。没有亲历生活和不涉世事的单纯只是幼稚的苍白，唯有跨越人生各种境遇后的自我沉淀才能抵达内心的安宁和丰盈。

　　春日芳菲，读书，观景，悦目，养心。拈来半日清闲，读几段江湖轶事，品一杯淡雅香茗，看一园莺飞草长，听一曲风轻云淡。

　　走过风雨四季，阅尽人生百态，送走刹那芳华，最终落幕宁静。与草木山水相伴，清宁安逸，心有所依，不惊不扰。

　　舒卷光阴，慢度日常，回归自然才是真正的纯净。

烟花烟火

眼　泪

有一首钢琴曲，名字叫《TEARS》，眼泪。很多年前第一次听到这首曲子，就深深被它打动。

这首乐曲像是被光阴遗落，带着遁世的冷艳，多年后再听，依然觉得韵味悠长、如泣如诉。那份舒缓和恬淡，像是泼洒一地的月光，带着丝丝感伤穿透夜晚的静谧，清幽淡雅，遗世独立。简单的和弦跌宕起伏贯穿乐曲的主旋律，给人透彻如水，清凉如月，轻柔如梦，微漾如浪的感觉。

这首曲子的作者是李闰珉，YIRUMA。他在韩国出生，在英国长大，东西兼具的气质与文化背景，卓越的音乐才华和丰富饱满的情感，让他的这首作品展现出韩西合璧的音乐风格，既有亚洲人的含蓄与委婉，也有欧洲人的浪漫与善感，既有东方的恬静与清新，也有西方的典雅与细致。有人说他的钢琴曲像恋人的相互倾诉，他能用几个最简单的音符直达心灵最深处，滋润每一个干枯的心灵。

音乐是一种特殊的语言，不分国度。即使不懂音乐，不识琴音的人，一样会被美妙的乐声吸引。

音乐能穿透时空，记载往事，缩短距离。那些跨越时代的经典老歌，无论被时光沉淀多久，偶然响起，会立刻把你带进青葱岁月。

有时候，令人难以忘怀的或许不是那首歌的旋律或歌词，而是与歌曲一起流逝的青春与韶华。世上的歌曲无数，总有一首百听不厌的歌，就像心里藏着的某个人，无论走到哪里，依然经久不绝地想念。

音乐是传递情感的艺术，亦是流动的建筑。那些经世古乐，记述着历史的云烟，传承着千年文化，今人有幸得见一阕优美的古词歌赋，亦会心生感慨，为之动容。

天籁之乐，必有知音。不然，音乐定会孤独，演奏者也一定会寂寞。伯牙为子期断弦碎琴，一曲高山流水，在后人的想象中被传为千古绝曲，仿佛在山河天地间久久回响，余音渺渺，若隐若现。

音乐不仅能陶冶性情，洗涤心灵，表达情感，有时还能决定命运，改变局势。卓文君只为司马相如的一曲《凤求凰》，便与之私定终身，当垆卖酒；诸葛孔明只在城墙抚琴一曲，即能退敌万千，转危为安。

音乐更能使人忘记恩怨悲欢，人世冷暖。一首曲，能弹尽青春年华；一张琴，可奏响春秋四季。"一张琴，一壶酒，一溪云"，即是一世界。古人苏轼在失意时唯愿与酒乐相伴，怡然自得，乐尽天真，与岁月平淡相守，直至与天地万物相融，天人合一，心静如水。

钢琴为乐器之王，钢琴遇见《眼泪》，如管仲遇见鲍叔牙。演奏之人，将情感倾注指端，饱满的音符在黑白琴键上轻轻跳跃，清澈宁静的音乐轻轻流淌于指缝间，天地瞬间为之沉静。

钢琴弹奏的《眼泪》，琴音旷远悠长，缥缈婉转。弹者忘情忘我，尽情演绎，听者沉迷其中，如醉如痴。

深夜里，独自听着这首乐曲，会不知不觉陷入缅怀和沉思，那种来自灵魂深处的悸动，会令人不由自主地随着音乐泪流满面。

这首钢琴曲名为眼泪，的确恰如其分。在月色撩人的夜晚，柔美的乐曲牵动人心底的情丝，想起如烟往事，想起心中深藏着的某个人，一种悲凉和孤独直击心扉。

岁月未央，落寞成殇。每个人的生命中都会有一段又爱又痛的时光。当《眼泪》音乐奏起，无论身处何地，总有一种怀念，如一泓潺潺的溪流，在血液中静静流淌，谱写出一阕刻骨铭心的相思。

　　好的音乐，并不需要歌词和旁白，情至深处，词境却又喷薄而出，按捺不住，只好随着眼泪缓缓倾泻。

眼　泪

是否是风在动
风把暗香传送
花瓣　飘零
攒动　美丽的梦
情在梦中

是梦就会醒
滴滴泪溅出的寂静
回味是痛
爱却在痛中

是否是星星在动
繁星为夜空吟诵
一轮明月当空
锦瑟流年谁与共

如果是情在动
情比花香更浓
风情千种
唯有真情最重

是心在动

泪滴滴溅

心丝丝痛

心在痛中苏醒

如果你我从不曾相逢

各自漂泊的一生

花瓣与花蕊相拥

仍否美丽无穷

星光点点飘零

蝉鸣缠绕着梧桐

遍寻花的仙踪

明月清风弄竹影

萧萧笙竹空灵

能否与残荷共幽梦

能否与明玕共月影

能否把相思寄秋韵

能否与篱墙诉情衷

是梦　是梦

一场场宿醉梦醒

心又在动

泪滴滴溅

心*丝丝丝丝*痛

是心在动

心在痛中苏醒

花瓣飘零

是散落的梦

滴滴的泪

散落风中

春　殇

总有一种渴望
让灵魂上下跌宕
总有一种疯狂
想拨开人世的苍茫

穿越时光
让两颗心相拥，甜睡
温暖，安详

无奈情执太短
却留下虚妄太长
回望
每一份文字的余香

念念不忘
不忘的是
字里行间
你的温良

曾以为

那会是繁华落尽

贴心的

最后一份珍藏

突然明白

不过是

彼此岁月中的

又一缕暗香

月光如水一样清凉

我躲避着

惯性如年的感伤

春韵微漾

淡然清欢

又丝丝惆怅

窗台的红玫瑰

寂寥地绽放

娇艳的余香

已不知去向

或许

命运许你我一次未来

不为相拥
只为记得
生命中的惊喜
初遇的模样

又一年花开草长
回头望
来时路
芳草萋萋处

绿色记忆里
散发着幽幽冷香

卷三　仗剑山河行天下

风情丽江

一、初到丽江

丽江小镇，依山傍水，古朴风情，安宁恬静。我坐在客栈庭院的秋千上，荡漾在古城温柔的日光里，悠然地等着你的到来。

你踏入丽江，一身黑衣，一条细长的彩条围巾闲适地挂在胸前，从古城的一角赫然出现，带着我走进丽江，慢慢融进那个喧嚣中有着扑朔迷离的暧昧的傍晚，和冷清中又有着流光溢彩的动人的午夜。

我们拉着手走在古色古香的小城。客栈的红砖青瓦，雕花木阁，卷檐朱栏，还有那些古篆古隶书写的透露主人个性的招牌，告诉我们这就是丽江，我们终于从一个多月的文字交流走进尘世烟火。

二、世外桃源

从客栈房间走到屋外亭台，小桥流水边，斑驳树影下，我与你隔着石桌对坐，一尺的距离。你，香烟在手，香茗在桌，手执一本书，静静地读。我，一边吃着葡萄，一边看着你，似醉非醉，半梦半醒。

曾经，未见你时就想象过你泡茶品茶的样子。现在，终于真切感受到现实中的你。清瘦的面容，儒雅淡定的气质，举手投足的利落悠闲，缓慢而又娴熟的冲泡之间，一股茗香淡淡入鼻。

看着碧绿茶蕊在透明的杯子中滚起再徐徐落入杯底，此时，尘世浮华已完全地融入这起落间的清新之中。我的一丝怅惘也

在淡淡茶香中渐渐清透明净。

沉醉在午后的阳光里，看云卷云舒，听音乐流淌。脚下淙淙流水，空气中芳香四溢，这一刻，世界仿佛静止了。

直到夜晚，我一直沉醉在"滴答"，这首充满古镇风韵的歌曲中。女歌手略微沙哑却充满磁性的嗓音，带着一抹远离俗世的悠远穿透丽江蜿蜒的小巷，飘散在古城清凉的夜空，漫过卷翘屋檐，沁入你我心底。

"感觉如何？"我问。

"一种前世的熟悉！"你说，"就像我清晨醒来，睁眼看到你，似乎你已在我身边几十年。"

丽江，悠闲古镇，碧瓦雕檐，小桥流水，客栈茶亭，就像一个世外桃源，安静祥和。我和你，在小镇与世隔绝，静静感受原始古朴，岁月潜行，时光悠然。

三、丽江飞雪

在丽江，居然那么幸运地赶上一场雪！我还沉醉在丽江的梦境中，它已静静飘落，温柔地覆盖着古城的红砖青瓦，飞檐崇阁。洋洋洒洒，那么的轻盈，如同自由的精灵，一直飘落到清晨，等着我从梦中醒来。

睁开眼，你的身影，临窗而立。洁白的雪花，黑衣的你，与飞檐翘角飘溢的古朴风韵叠映成时光的剪影，定格在窗前。真是风花雪月，浪漫丽江。

"这就是我想要的！"你一边拿着相机在窗前拍着雪景，一边喃喃自语，"你除了让我上天入地，你还让我经历一年四季。"

我喜欢踏着春天的青草地，用最亮丽的心情迎接热情洋溢的盛夏，之后慢慢收藏起心中的狂热，静静品味入秋的平淡，守候一份不变的内敛。我不喜欢太冷，因此四季中最不喜欢的是冬天。而冬天的雪和过年的喜庆却是我无法抗拒的。雪飘的日子，总能让我不自觉地在银装素裹里，寻觅一份简单清纯得如同雪一样圣洁的情感，哪怕缥缈，哪怕短暂，也能令我感动不已。

你我都是有情又多情的人，一月中旬的雪，与其说是冬日最后的馈赠，不如说是我们的多情感动了丽江的天。

开春前的最后一场雪是牵动情丝的信物，像是一个恋人要去远行，和你做深情的告别。我暗暗思忖，明年的第一场雪，我们是否还会在一起。

雪花飞舞，徐徐飘落，化作清溪的一滴，围绕着小城幽幽流淌。雪飘之后的丽江会呈现怎样一个美丽的春天，被雪花轻拂的你我又会拥有怎样的一段心灵过往！能在丽江抖落一身尘埃，做了匆匆数日的过客，感受一次古城飘雪，真的很幸运，很幸福。

四、恋上丽江

丽江，梦开始的地方，也是梦结束的地方。如果不想梦碎丽江，就在梦未醒的时候，悄悄离开。

尽管有一丝遗憾，一丝伤痛，和一些意犹未尽。但，因此而迷醉而梦幻的才是丽江。

我留恋这座风情淳朴的丽江小城，无论是古桥流水，林荫石板路，繁华四方街，还是灯光迷离的酒吧。我留恋古城处处飞花，绿植成趣的一草一木；纳西小院简单粗犷、古朴自然的一石一瓦。我留恋客栈茶亭看过的湛蓝的天空，石板路上你我携手走过的每一双脚印。我留恋的远不止这些，还未离去，我已经渴望再来。

我希冀如若再来，还能和你一起喝上美味香浓的松茸马锅汤，酌饮甜柔温润的梅子酒，还能笑傲湖边，大快朵颐于丝滑香嫩的金鳟生鱼。也还能什么都不做，什么也不说，只是呆呆地一起坐在阳光下，沉浸在客栈一角亭台，品淡雅茗香，看雪花飘零，任流光飞舞，享天上人间。

只因塞纳河畔不经意的回眸擦肩，于是星夜兼程来到丽江。

离开这里的时候，却是醉意朦胧，踉跄逃离。酒醉的丽江似乎变成了一座空城，它已承受不下我想要留下的，我也无法带走我想要带走的。它刚拉开梦的序幕，很快就给了我一个剧终。我却像一个孩子般在谢幕后的看台仍傻傻地期盼，期许下一次的相逢仍在丽江。

一生中，总有无尽的经历和无数的过往。你我或许都在等待一场繁华若夏的相遇，携手一场永不告别的年华。但丽江只是无声地任由来往过客短暂地抛却前尘，却从不关心、也不过问每个人的未来和归途。

丽江是让人又爱又恨的，它柔软多情，能轻抚你心中的伤痕，让你短暂忘掉尘世烦忧。它不问过往，却轻易吞噬着每个人的感情起落和趋向，然后以一种不动声色的安逸和淡静包容着形形色色的所有过客，同时又会置身事外，冷眼旁观，甚是薄情。

无数男男女女在这里邂逅相逢又匆匆离别，暧昧之后愈发觉得空虚和寂寞。于是有人开始怨恨这座小镇，丽江，也真够冤枉。

五、俯瞰丽江

丽江坐落于玉龙雪山下一块高原台地之上，始建于宋末元初，至今已经承载了八个世纪的光阴。

丽江与国内其他古镇不同，它既古朴风情，又简拙淳厚，仿佛自然天成。玉泉水穿街走巷，流遍丽江，使得家家流水，户户垂杨，桥水相依，韵味别致。

四方街是古城的中心，既洋溢着小吃一条街的喧闹繁华，又蕴藏着茶马古道的千年沧桑，既接纳四海八方游客，又包容着汉、白、彝、纳西等各民族文化和风俗的交融。

丽江古镇里，仍可见摩梭人用织布机手工织布。这些传统行业或许令人不以为然，但某天，当我们在现代化和"新价值"的狂欢中，突然怀念这些小手工艺的淳朴时，它们可能已在不知不觉中消失殆尽。如果传统工艺从地球灭绝，无人再能重操其艺，数码世界又将是怎样的孤独和缺憾。

地球村里，钢筋水泥城市有如一个威猛英雄少年，宁静古镇恰似一个温柔相伴的知己红颜，他们遥遥相望，虽大相径庭却又相得益彰，不可或缺。传统工艺和现代科技就像质朴古镇与繁华城市交相辉映，铺展不同的文化，诠释不同的艺术，让世界绚丽多姿，五彩纷呈。

在丽江是不需要沿街刻意的叫卖和打折商品的招牌的。游客带着回归家园的冲动，来到古城，渴望体验一段远离俗世的光阴。他们更喜欢接触淳朴的村民，而不是那些与游客讨价还价的商贩。作为游客，却又无法指责埋怨当地人的选择，因为我们所欣赏的那些古风古韵、简陋质朴，对于当地人可能是沉甸甸的贫穷与困苦。

也有一些小店的店主，他们每天安然地坐在小店里，在刺绣木雕、东巴扎染、纳西铜器、银饰玉石之间，朝朝暮暮守着不变的淡然。还有一些店主，亦是手鼓或陶笛演奏者，他们始终沉醉在自己的音乐里，无论你来与不来，听与不听，那股安之若素的专注和旁若无人的忘情，我见犹喜，令人怦然心动。或许，这才称得上丽江真正的艳遇，极致的浪漫吧。

一部分游客，因为喜欢丽江，留在了这里，也成了丽江的经营者之一。他们自身既是这里的风景，也是这里的过客。外来的个体带给丽江不同的文化，与小镇质朴的原生态混为一体，潜移默化地改变着丽江。丽江的纳西和摩梭却从不抗议，他们仍日复一日从容不迫地背着竹筐，穿梭在石板小路，我行我素地固守着古城的一小片四方天地。

如果用理性的推理，发展是不变的主流这个命题来推论，那么，明天的丽江无论会是什么样子，都是无可厚非的。既然纳西族和彝族都能接受，外来人也只能接受这个事实。

梦总是会结束的，络绎不绝的过客带着各自悲欢的故事来到丽江，无论想从庸常生活中寻找几许浪漫，还是追求平淡光阴下的婉转风情，无论在丽江遇到多少情深意切，最终都会轻轻转身，一一离开。

六、丽江之梦

丽江的美，如梦如幻。梦若没了，酒若醒了，再美的悠闲小镇，旖旎多情的丽江也会恢复平静理性的一面。

不想距离消失殆尽，让自己再没有幻想的余地可以浪漫转身，于是，匆匆离开了丽江。

丽江，就像一场梦，我突然从梦中惊醒，似乎，我从未去过丽江，它只是出现在我的梦里。

既是一场梦，就让它留在心中吧。至少在落寞的时候，还能在回味中暂时填补心灵空窗，让你感觉到温暖和充盈。

不知道若干年后，在莺歌燕舞、梦幻又迷离的丽江，我能不能再去寻一场梦，就如那束曾温暖我心底的一米阳光。

烟花烟火

大美新疆

年少时就有个梦想，想走遍祖国大江南北，用双脚丈量神州的每一寸土地，饱览山河的壮丽和辽阔，感受华夏历史的厚重和璀璨，体验世间的风情和冷暖，见证自然的奇观和灵性。很多年过去了，一颗心早已在路上，双脚却仍走不出情感的桎梏。

偶然机会看见一张新疆风景图片，心灵仿佛被引领着，在臆想中穿过时空，走进天山明月、高原湖泊、雪山雄风、茫茫戈壁的幻境。

二〇一九年夏天和朋友一起自驾来到新疆，终于身临其境。一路上，看着远山近水，辽阔草原，浩瀚沙海，粼粼碧波，立刻被自然的宁静和开阔所吸引，心灵像是被浩荡长风牵引着，慢慢走进神往许久的画面：碧绿的湖泊，静寂的山林，广阔的绿意，纯净的天空。视觉被眼前恬静的画面滋润，听觉被流云溪水之声洗礼，身边徐徐流淌的自然之乐，正如班德瑞的天籁之声。

七月的新疆绿意正浓，生机盎然，到处都是美丽的风光。

天山山脉雪峰耸立,赛里木湖碧波荡漾,那拉提草原绵延千里,伊犁的薰衣草田更是给草原增添了一层紫色的梦幻和浪漫。

成群的牛羊和哈萨克毡房稀疏地点缀在绿野和山坡之上,落霞余晖中,几处炊烟袅袅,勾勒出一幅岁月平静的人间烟火。

天山融化的雪水在草原上缓缓流淌,像是一条透明的丝带,在阳光下熠熠生辉。雪里的氮素增加了土壤的肥力,冰雪融水

和降雨让草原变得肥沃，巴音布鲁克草原因此生机勃勃，五彩斑斓，一碧千里。

昭苏马场同样水草丰美，百匹骏马一起奔腾在宽阔的草原上，那份流动的画面让人感受到生命的活力和自然的奇观。

车子开往伊犁，沿着蜿蜒山路，跨过皑皑雪峰，几番迂回陡转，盘旋在崇山峻岭之间。感谢建有护栏的公路，将天堑变通途，即使在奇峰异岭之间穿行，也备觉安全。

伊犁河谷不愧是塞外江南。这里林海苍茫，雪峰巍峨，山峦叠翠，草原秀美。走进伊犁，就像进入一幅明秀旷远的画境，让人感到清新恬淡、宁静安逸。车行至两山之间，一个碧绿小湖在远山的映衬下隐隐若现，看起来很像多年前看过的那张大美新疆的风景画片。宁静的水面没有小舟蓑笠翁，岸边的沙石也没有旅者的脚印，整个风景看起来充满着灵性。

雪山、草原、大漠、绿洲，再壮观瑰丽，如果没有人类双眼的捕捉和发现，都会是一种孤单寂寞的美丽。自然带给人类惊喜和震撼，人类与动物也填补了自然的静寂和清冷，使大地山河充满灵动和生机。天空中没有翅膀的痕迹，生灵却已来过的景致，让人觉得愈加灵性秀美，摄人心魄。

置身于这样的旷远之地，遥想历史的云烟，脑海中会浮现诸多风云人物和故事。"剑光夜挥电，马汗昼成泥。何当见天子，画地取关西。"自古以来，无论是叛乱还是割据，无论政权更迭还是王朝交替，新疆一直是华夏不可分割的一部分。从张骞出使西域，开通丝绸之路，到西域都护府副校尉陈汤奏疏中的那句慷慨激昂、振奋人心的"明犯强汉者，虽远必诛"；从西汉末年，匈奴重新控制西域，到东汉时期班超巩固西域三十年；从耶律大石率部西迁，在新疆和中亚地区建立西辽，到左中堂消灭阿古柏势力，再次收复新疆……

千年往事，刹那云烟。这块平静温煦的土地，千百年前，曾红尘滚滚，剑光四射，万马奔腾，弥漫着无止无休的战火硝烟。这块疆土曾蕴藏多少朝代的梦想，饱含多少英雄折戟沉沙，壮志未酬的遗憾。

历史的变迁令人感慨万千，时代发展令人顿悟良多。从敦煌飞天到古丝绸之路，从物竞天择适者生存的血腥年代到膏粱锦绣的当今岁月，从人追求存在的价值到讲究生活的艺术，从心灵感悟到佛学中的禅境，再从长河落日到市井风情……思绪最终回到现实，而世间最美好的事物，于我，无非美食，美景，佳人；莫过于有几个莫逆之交和一个触手可及的知心爱人。

心灵的感悟如同知己之间的默契，也许知交的意义，便是相聚一处时，能倾心而谈或相视一笑，莫逆于心。远离人情世故中的那种刻意和无奈，那份无需设防、百无禁忌的安稳，是人与人交往中难得的境界。对自然也是如此，能以一颗平静质朴的心捕捉到大自然带来的感悟和启示，既是一种契机，也是一种运气和福分。

虽说"草木不经霜雪，则生意不固；吾人不经忧患，则德慧不成"，但不一定非要等到某天情感遇挫或事业败北，才让自己去流放于大自然的景致，在时光的沉淀里品味人生的答案。春风得意时，一样可以一颗热爱生活的心领略山峦的奇观和壮丽，不为绝处逢生的启示，而是自身的豁达洒脱和对生活的热爱。

借一夏假期，远离尘世的喧嚣，走进新疆，走进高山草原、花海牧场，走进苍翠山谷、西域风情。当中国境内的最后一缕阳光悄然落下，还未走出伊犁，不知不觉已恋上新疆。

烟花烟火

绿之韵

　　喜欢春天到来的时候，站在蓝天下，静静地观望，一片片绿色慢慢从大地里冉冉攀升，一层层驱散残冬的枯黄，温润着大地。

　　看着在一片苍黄中破土而出的一小撮儿绿色的细叶，娇嫩清新，心里不由得涌起一丝柔软。虽然只是一丁点儿的绿色，却满含春天的味道；尽管绿意尚浅，却似有着巨大的力量，慢慢逼退冬的萧瑟。

　　这点儿可爱的绿意养心悦目，沁人心脾，令人感动。无论多少烦恼和愁绪，看着这绿色透露的盈盈春意，让人顿觉亲切温暖，心境宽阔。

　　春天的风，掠过城市，吹暖了空气；拂过水面，融化了冰雪；吹过陌上，让苞蕾吐芽，麦苗青青；吹过脸颊，让人神清气爽，耳目一新。

　　春天的雨，温柔细腻，若雾若烟，润湿着大地，芳菲着人间。小河流水之声与小鸟的啾啾鸣叫交融一起，这是春天的声音，含着绿色的韵律，犹如天籁，拨人心弦。

于是，人们开始脱掉厚厚的冬装，脚步渐渐变得轻盈和欢快。仿佛一场长梦醒来，身心变得舒展，思想也信马由缰，天马行空般充满了斑斓。

经历了一个漫长的冬天，迫不及待地想摆脱沉闷与寂寥，渴望走近自然，走近绿意，感受大地的朴拙壮美。在温煦的暖阳之下，信步山野，掬一捧绿色豁亮身心，放逐自我，释放灵魂，让心灵在阳光下自由欢舞。

绿之韵总是被热爱生活的人们赞美着，被敏感浪漫的诗人抒情着，纵使一年又一年，年年花相似，却在悠悠历史长河中被刻画出千姿百态，在一代代生命繁衍中被谱写出精彩纷呈的篇章。

"春风又绿江南岸，明月何时照我还？"一个绿字，让江南的画卷春意盎然，充满生机：恬静的山林，千山一碧，秀丽的岸边，青翠欲滴，就连四季常青的赤松也把青衫涤荡一新。春风拂煦，漫山遍野，一片新绿，养眼养心。

绿意沁人，你若深情，它必不辜负；绿之韵，懂得感恩，你若珍惜，它必盛情，努力盛放，赠予你满园春色，绿草如茵。当然，如果你不解风情、不懂欣赏，再美的绿意，遇见也只是匆匆一瞥，冷漠擦肩。

"人生自是有情痴，此恨无关风与月"。人的多情善感与生俱来，即使无关风月，也一定和撩人春色息息相关，你看，那洛城之花和满城春光令人依依难舍，牵心挂肠。

春天伊始，时光慢行。遇见一抹绿意，如沐一片暖阳，如迎一缕花香，在琉璃时光里，点燃生命中的喜悦，让身心与自然融为一体，静静感受绿之韵，春之美。

烟火流年，光阴细碎，生命的贞静与美好，藏于细微俗常之中，就像这初春的绿意。绿之韵经历了一冬的等待和煎熬，终于在冰天雪地中涤荡出一片生机，绽放出千回百转的清欢与明媚。

绿之韵是尘世烟火的悠悠呓语，它简单又深邃，精微又涵容万千，它饱含着生命的智慧，给人无限的信心和力量。

绿之韵如此曼妙，值得细细品味，行走在早春的地平线上，在丝丝冷意、点点暖意的交融里，静静体验生命的流动，领悟春天给人带来的种种启示。我们初入尘世，心无所恃，像极了这初长的绿意。虽弱小，却坚强勇敢，无惧风雨。我们从零开始，迎着朝霞和雨露，心无旁骛，向阳生长，渴望活成自己想要的模样。

随着春秋更替，岁月轮回，我们犹如坡上青草，渐渐挺拔粗壮。光阴一纵即逝，青春远去，冬季来临，我们终将零落尘埃。

四季风景纷至沓来，生命的全部意义，尽在烟雨四季的生长和盛放。

匆匆一生，无论是华丽炫目还是暗淡无闻，生命的尽头最终都应是无悔的过往，无憾的得失，无穷的体验和无尽的感恩。

感谢生命中曾陪我走过一程的人，无论路途长短，最终是聚是散，你的陪伴，让我的生命出现了不同的颜色，生命曾因你有过欢悦和华彩，留下美好的回忆。

世界浩瀚宽阔，人生却如此淡泊微渺。几件事，几个人，足以交织一生。当岁月沉淀，往事如烟，春风又起，仅凭时光罅隙中的一抹绿意，足以把埋藏心底一生的情愫搅动，翻起，在回味中过一段风轻云淡的岁月。

生命，与灵魂同来；生命，与肉体同去。宇宙最公平的力量就是自然。双手握拳而来，我们都曾一无所有地来到同一世界，两手空拳而去，又陨落于同一片日月星辰。不同的只是每个人的足迹涉世之远近，心灵阅世之深浅。不同的认知感知，使每个人选择不同的画笔为自己的生命刻画出不同的色彩。

春光下，失意也潇潇，得意也潇潇。青春与风华，此消彼长，相续相连。在每一个春色里，有如每一片不同纹路和经脉的枝叶，每个人都以不同的光泽和亮度谱写着自己又一年不同的经历和人生。

喜欢春，尤其喜欢春天里的绿色，让爱意萌动、情感澎湃、心情愉悦。片片新绿汩汩地在大地流淌，丰富着日新月异，充满斑斓的生活。

喜欢春，也喜欢冬去春来之间的短暂留白。那段寂静，让脚步有一段空间不那么忙于追赶每日惯性的节奏，让冬日里麻木了许久的神经细胞渐渐苏醒，让心灵有一个转弯，静静地聆听来自心底和自然的声音。

喜欢春，大地渐暖，花开草生，岁月静好，春光妖娆。走在阳光下，走在细雨中，走在春风里，处处感到绿的气息和春的脉动。

元亨利贞，天道之始，万物自然。立春为二十四节气之首，代表着温暖和生机。春天里，绿之韵在大地轻盈起舞，娉娉袅袅。春光下，无论读书、工作还是旅行、踏青，哪怕凡俗琐事似乎也都充满了美好。

读书让我们的心灵厚重，认知丰富；工作让我们实现自我价值，获取实现梦想的方式，最终，我们将把自己交付自然，与山河相依，与草木相伴，与春之绿并肩而行，与时光温柔相待，在醉人的绿意中，静静聆听生命的律动。

如此，我们快乐如风，灵动如水。内心犹如绿之韵，简单而清宁，淡静而丰盈。

旅　行

一直很喜欢旅行。能和喜欢的人一起旅行，是最幸福最奢侈的一件事。

没有旅伴的时候，偶尔也喜欢独自旅行。一个人背起简单行囊，随心所欲，有方向又漫无目的，短暂地远离尘嚣，寻一个无案牍劳形，无丝竹乱耳的清静开阔之地，给身体充电，给心灵做一次定期保养和洗礼。

在宁静中独处，可屏蔽敷衍，删减问候，与山河草木相依；可与诗书相伴，和文字谈心，把悲欢离合、重逢聚散敛入翰墨。可掩卷覃思，忖量当下，梳理过往，畅想未来；也可什么都不做，什么都不想，忘却来路，不思归途，只是静静享受远离喧嚣的安逸和逍遥。

在独自行走的路上，所有的遇见都是缘。旅行就是看不同的风景，经历不同的人事，体味不同的日常。在路上，所有的风景都是异乡，所有的遇见都是体验。

在旅途，可遇见美景，美食，美人，美事，在熙攘市井遇见一尺繁华，在无人之境遇见半分萧瑟；也可在一首诗半阕词中，穿越历史的云烟，与古人情意相通；还可在三两清风四两云中独处，远遁世事纷争，与自己无话不谈，直至遇见灵魂深处的自己。

山河草木，四时风光，吸日月之精华，承宇宙之气韵，经历史之洗染，含岁月之真情。每一处风景如同人生的每一个驿站，也如同生命中出现的有缘人。有的相逢恨晚，有的一见倾心，有的不忍惜别，有的难忘终生。每一次旅行的开始，都是一脚踏进新的风景，每一处旅行的终点，都是抵达自己的内心。

当然，每一次旅行的体验也都是不同的，这种体验多半来自心境，旅伴，也与环境和所遇到的一些人事有关。愉悦的旅行体验可遇而不可求，正如快乐不能复制一样。旅行正是因为瞬间和当时的体验而具有快乐的意味，如果刻意相遇相求，就会失去意义。

爱本身也是一种旅行，它足以凝聚一种超于现实的力量，让你充满希冀地上路，同时又像私奔逃亡一样，充满野性的渴望和浪漫的幻想。

爱是宇宙的中心。爱能治愈伤痛，抚慰孤独，唤醒灵魂，点亮生活。有爱的日子，时光静好岁月温馨，生活色彩斑斓、充满阳光。无爱的光阴就像灰色的秋冬萧飒黯淡。人生的旅途中，有爱相随，与爱同行，两个人在盛世年华的倾心相遇，温暖相伴就是一场最美的旅行。

年轻时我们都想谈一场永不分手的恋爱，携手一场永不告别的年华，期盼遇见的那个人能知你冷暖，懂你悲欢，爱你一世，委于你心。而现实里，爱情总是惊艳且短暂，我们可能面对更多的是别离再别离。

三毛曾说，"心若没有栖息的地方，到哪里都是流浪"。每个人来到这个世上，都在等待寻找另一颗心。我们或许抱怨心中设定的那个人，似乎只存活在自己的梦里，生活中总以残缺的形态存在。直到遇见一个真正走入你心里的人，再也无法忘却，你会发现，之前所有的设定都会悄然消散。

如果能有一人可以真心相对永不相违，没有人愿意不停地经历失去与错过，陷入无休无止的轮回。如果一直等待的那个人最终有缘遇见，等久一点又何妨。

人生就是一场旅行，我们都是一个时代的过客，无论栖息在何处，即使不同的生活方式，哪怕闭门修行，相对于生命的长河也是一种"在路上"。无论行至哪里，是一个人在路上，茕茕孑立，踽踽独行，还是结伴同行，朝暮成双，行至天光，愿我们都能心情愉悦，平安出行。

人生既是一场旅行也是一场修行。每个人都是这趟旅行孤独的修行者。所有的起起落落，颠沛流离，即是修行，也是为了遇见。修行得好，遇见幸福，整个旅途快乐圆满；修行得不好，遇见苦难，一路都在伤悲遗憾。

生命就是一场经历，走过长长短短的路，历经岁月流转，体验人世冷暖，感受悲欢喜乐。人生有辉煌有平淡，有巅峰有低谷，所有的得意失意，快乐与悲伤串成一起就是完整而珍贵的一生。

修行在路上，最好的状态是安适如常。繁华过眼不失本心，身陷低谷永不绝望，阅尽千帆淡泊宁静，起落沉浮豁达坦然。

"惟江上之清风，与山间之明月，耳得之而为声，目遇之而成色"。清风含声，明月蕴色，江山无尽，风月长存。古人苏轼面临逆境与波折，把自己放逐于山水，以回归自然的旷达排解生命中遇到的重大变故。快乐是一种能力，源于智慧，得于修行；更是一种境界，始于豁达，拥于气度。快乐的最高境界是一种忘掉世事烦忧，甚至忘掉自我，与自然融为一体，放飞身心，与万物共情，自由自在的状态。

人生起起落落，韶华向远，浮生未歇，每个人的一生都是一部传奇。即使平平淡淡、波澜不惊的一生，也是岁月静好，安然祥和的传奇。一蔬一饭，一花一草，无不蕴藏着生命的曼妙与美好。

人生之旅，行至尽头，走遍大千世界，看过大山大河，开阔了眼界和格局，习得从容和坦然。若干年后我们终将心满意足优雅而体面地老去，那时心中不该再有一丝遗憾。

看世界，看风景，一定趁早，别犹豫，诗酒趁年华。虽说老骥伏枥，也能志在千里，可大江东去，金乌西坠，日薄西山的婉约清淡总是不如朝霞下的生机勃发，何况还有无法预测的情况会不期而至，总是羁绊住我们的脚步。

美丽的人生不容辜负，美丽的风景如同遇到喜欢的人一样一定不要错过。当然，如果两颗心相惜相怜能牵着手走遍天下，一生何求？

江城子 · 临榆初雪

　　雪花轻落雾苍苍，树披霜，素衣裳。十里无踪，小岛静风光。满腹相思无处寄，杯酒尽，醉彷徨。

　　层林萧瑟更寒凉，绿成黄，鸟均藏。小径幽深，清客染银装。月影空蒙忽俱寂，何处觅，靓芳香。

卷四 孤身逆旅闯天涯

别样坎昆

一、海上风情

坎昆是个非常美丽的城市，它镶嵌在加勒比海与墨西哥湾之间，得天独厚的地理位置让整个城市充满了独特的海滨风光。

坎昆是整个墨西哥的亮点，有着全世界著名的十大海滩之一，也是世界著名的旅游景点。

绵延数里的白色沙滩，美艳绝伦的蔚蓝海水，明媚灿烂的热带气候，以及粗犷洒脱又简单质朴的墨西哥人，使坎昆既有加勒比的椰风海韵，也有墨西哥的浪漫风情。

当你一脚踏上坎昆细软绵白的沙滩，看见沙滩上用干海草堆写的浪漫告白，会立刻沉浸在坎昆温暖柔软的时光里。这些字是墨西哥人在海边做的小生意，虽然字迹只能保留一两天，却给很多情侣制造了难忘的惊喜和感动。

坎昆依靠海滩吸引游客，坎昆的特色之一就是水上主题公园，其中，Xcaret，Xel-Ha 和 Xplor 尤为著名。和迪斯尼不同，这三大公园不只是孩子们的王国，也是成年人的乐园。

公园里有丰富多彩的水上活动，有各种各样的植物动物，也有满足世界各地不同口味的美食。游客吃饱喝足后，可以和野生火烈鸟一起在午后悠闲漫步。

在坎昆的小岛上，人与动物可以和平共处，这里没有弱肉强食，没有买卖杀戮。随处可见人与自然的和谐画面，比如小女孩与小鸟的窃窃私语和心灵交流。

喜欢刺激的游客可以尝试高空索道滑行，在绿色谷底和溪流上方脚踏行走，或开越野车飞驰，或驾驶水路两栖车，忽而地上、忽而地下穿梭行驶；喜欢玩水的可以穿戴浮潜用具，在溶洞漂流，探索地下河中形态万千的钟乳石和石笋；喜欢海底生物的可以跳入水中与海豚共舞，与海星亲吻。

和这些神奇的生物一起游泳戏水，是一种奇妙愉悦的体验，能让你以一种全新的视角，了解神秘的海底世界。

公园里最简单的一种水上娱乐活动是走绳索。两条绳索横跨浅滩之上，一条在头顶，一条在脚下，绳索上站满了摇摇晃晃慢慢向前移动的游人。游客双手扶着头顶的绳子，一步一步小心翼翼地走向对岸，时不时会有人扑通一声落入水中。岸上看热闹的，绳索上正在走着的，看到层出不穷又千差万别的落水姿态，无不欢快地哈哈大笑。

　　落水者从水中站起用手抹一下脸，也笑着爬上岸，开心地重来一遍又一遍。生活中我们何尝不是一次又一次跌倒，如果也能如此轻松一笑，爬起来再重新来过，会是怎样的洒脱。

　　我喜欢体验公园里的丛林冒险，在绿色天然氧吧里徒步非常舒适。其实，也谈不上冒险，只是在一段幽长的林荫小道里穿行。丛林的风景非常秀美，有小桥流水，有摇晃索道桥，有郁郁葱葱的热带树木，有各种鸟类和蝴蝶。

　　在丛林里走累了可以躺在沙滩长椅上，安静地感受碧海蓝天、明媚阳光，也可以一边喝着咖啡一边欣赏一场墨西哥骑士精湛的马术表演。

　　Xcaret 主题公园的大型歌舞秀，非常值得一观。观众进场后坐在圆形的阶梯式观众席上，每人手里拿着一只点燃的小蜡烛，整个秀场顿时星空般璀璨壮观。

　　这场风情表演秀，也是一部非常优秀的戏剧作品，年度观赏超过百万人次。歌舞秀演绎了墨西哥五百多年的重要历史事件，展示了墨西哥从前哥伦布时期到独立后几个世纪的历史文化。

　　丰富多彩的故事情节，华美精致的服装道具，色彩缤纷的舞台效果，呈现给观众一场精彩纷呈的艺术盛宴。

表演秀有土著印第安人的火球赛，燃烧的火球在舞台上被双方抢夺、传递，类似一种足球赛的古老游戏；有热情洋溢的墨西哥国舞——草帽舞。一曲终了，女士捡起男伴扔在地上的草帽，象征接受男子的追求。草帽是墨西哥人流传的一种传达爱情的信物，就像中国壮族男女之间扔出的绣球。

我国古代女子也有以臂钏定情，又称缠臂金。"何以致拳拳？绾臂双金环"。苏东坡《寒具》诗中就有"夜来春睡浓于酒，压褊佳人缠臂金"之句。

自古定情信物数不胜数：戒指、香囊、玉佩、同心结、绣球，等等。从古至今，所有的倾心相遇，无不渴望一份地久天长的爱恋。那些古老的定情信物被寄予了浓浓的爱慕和相思，为无数的一见钟情拉开相恋的序幕。小小信物见证了多少缠绵悱恻的爱情故事，又成就了多少唐风宋韵的浪漫诗句。

二、岛上文明

坎昆的第二大特色是风格多样的旅馆建筑。坎昆有着"现代酒店建筑的汇集"之称，沿着海滩汇聚着众多世界著名酒店管理公司旗下的酒店。这些酒店大部分采用住宿餐饮娱乐全包的形式，每个酒店又有着独特的风光和特色。

很多酒店设有多个不同风味的餐厅，宾客可以品尝到中式、日式、意大利、墨西哥等不同国家的美食，还有丰富多样的热带水果、海鲜、精美甜点、美酒等。酒吧咖啡厅二十四小时开放，室内外各种娱乐设施齐全，不止吃货能得到满足，不喜欢景点打卡的宅士们即使连续几天住在酒店也不会寂寞。

在酒店泳池旁晒着太阳，听着既清新欢快又浪漫奔放的弗拉明戈舞曲，看着酒店客人们在 DJ 带领下一起玩游戏的欢乐与兴奋，浑身的血液也会随之沸腾。

很多酒店有自己的私人海滩，酒店与海滨没有围墙之隔。海滩上有很多以棕榈叶为顶的玛雅式风格的凉亭，也有躺椅可供酒店客人休息。宾客可以叫上一杯喷火林宝坚尼，在沙滩上一边吹着海风，一边品着美酒，尽情体验一半是海水，一半是火焰。

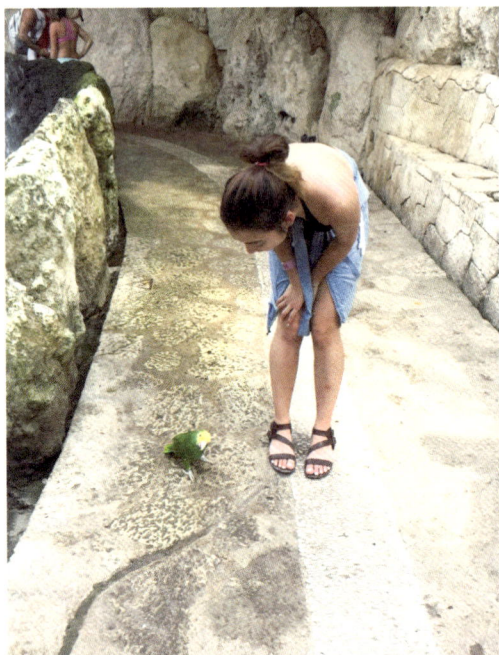

墨西哥的美食很多，最有特色的是墨西哥的 taco，一种墨西哥玉米小卷饼，这种饼分硬和软两种，可以自选搭配虾仁、鱼、牛肉或鸡肉等，再配上碎番茄粒、洋

葱、生菜，奶油果等色拉，加上芝士和墨西哥调味酱料，吃起来美味爽口。

墨西哥的椰子也很不错。记得一次喝完椰汁，女服务生教我们摔椰壳，她说，"想一件让你非常愤怒的事，然后用尽全身力气，狠狠把椰子摔在地上！"我们按照她的示范，笑着用力把椰子摔在地上，一次两次，直到椰壳摔破，非常过瘾。服务生捡起摔开的椰子，用水洗干净，再用精美的小盘把椰肉呈给我们。那种冰过的椰肉吃起来清凉丝滑香甜。

既然是国际旅游城市，除了蓝天碧海、阳光沙滩，自然也少不了奢华的购物中心和国际大牌专卖店等现代建筑。坎昆不仅有林林总总的酒店、豪华富丽的商业街，也有非常朴实的本土小市场和小吃街，更有随处可见的露天小酒馆和制作手绘的小店。

我不喜欢逛商场，却一向对每个城市返璞还淳的小市场和小吃街情有独钟。那些具有当地特色与风情的小摆设，淳朴精致的小手工艺品，貌似不起眼，却是当地民族在不同的年代历史和文化的缩影。比如坎昆小市场里的小金字塔，一些雕琢的玉器，美洲虎和羽蛇神等，就是玛雅文明的象征。

坎昆不仅是一个美丽的度假海岛，海岛上也有着大量玛雅文明的遗迹，其中最负盛名的是奇琴伊察。奇琴伊察（Chichen Itza）距离坎昆只有几个小时的车程。

奇琴伊察有金字塔神庙、柱厅殿堂、天文观象台和保存完好的庙宇等玛雅遗迹。其中，金字塔尤为著名。据说，每年春分时节，太阳直射在金字塔的台阶上，光与影会勾勒出巨蛇的形象，徐徐下行，形象逼真，其样貌正如玛雅人崇敬的羽蛇神。

站在一望无际的蓝天之下，仰望宏伟又精巧的玛雅金字塔，遥想千年前的玛雅古文明，一种庄重又神秘的感觉让人油然而生。

除了最著名的考古遗址奇琴伊察，图卢姆海边遗迹也是保存最好的玛雅遗址之一。图卢姆是前哥伦布时期的一个城市，曾在十三至十五世纪达到玛雅帝国的鼎盛。如今，图卢姆遗址盘踞在加勒比海的悬崖之上，眺望远方天际落日余晖，傲视碧海蓝天潮涨潮落，见证着玛雅后古典时期的宗教文化，静静地俯瞰着这块岛屿文明的传递。

三、坎昆由来

坎昆源自玛雅语"KAAN-K'UU"，译为"蛇巢"或"金蛇之地"。玛雅人将蛇视为神灵，这是坎昆名字由来的一种说法。

1843 年，美国探险家约翰·劳埃德·斯蒂芬斯和英国探险家弗雷德里克·凯瑟伍德在他们的著作《尤卡坦旅行事件》中把坎昆记录为"Cancúne"，玛雅语是"彩虹尽头的船只"。这是坎昆名字由来的另一种解释。

当时，坎昆是个只有一两百人的僻静小渔村，直到 1970 年，墨西哥政府对坎昆进行了为期三年的研究考察，之后决定开始投资建设。用了几年的时间，在 20 世纪 80 年代的建筑热潮下，终于把坎昆打造成了旅游和贸易中心。从那时起，坎昆脱胎换骨，经历了全面的转变，从一个默默无闻的小渔岛摇身一变，成了墨西哥最著名的度假胜地之一。

即使是旅游海岛，也有自己的灵魂。坎昆的市中心是一个方形的广场，名字叫 Parque de las Palapas，它是当地居民最主要的聚会场所，也是坎昆市的心脏。广场上有一个主舞台，它是广场的中心。一年四季，坎昆居民在广场上载歌载舞，欢聚娱乐。

广场附近有很多墨西哥食品小推车，售卖各种墨西哥小吃。白天，广场周围浓密的棕榈树叶遮住了耀眼的阳光，带给人舒适的荫凉。夜晚，广场上灯火通明，洋溢着浓郁的墨西哥气息。

墨西哥人性情简单，天性乐观，容易满足。能和家人一起闲坐在广场上，听着音乐，看看表演，吃着美食，消磨着悠悠岁月，对他们而言，这就是最大的幸福和快乐。

坎昆是个曼妙的地方，不仅拥有长长的白沙海岸线，大片的棕榈树林和珊瑚礁，在这个古老的岛屿上，还有和大量自然美景相融一体的建筑遗迹，以及朴拙醇厚的自然。令人欣喜的是，无论是遗迹还是自然，都未受到旅游业一丝一毫的破坏，反而受到非常精心的保护，给坎昆增加了独特的魅力。

来到坎昆，沉浸在山水自然、文化古迹之中，犹如徜徉在流动的画卷，感受丰富灿烂的历史，体验一份浓缩的逍遥。

无论是这个城市的特色美食还是风格迥异的酒店建筑，无论是溶洞漂流还是坎昆原住民的每一个习俗，无论是博物馆还是画廊的一角，都隐藏着与玛雅文化有关的诸多故事和秘密，等着你亲自踏上这座城市，慢慢见证和挖掘坎昆更多的神秘和奇迹。

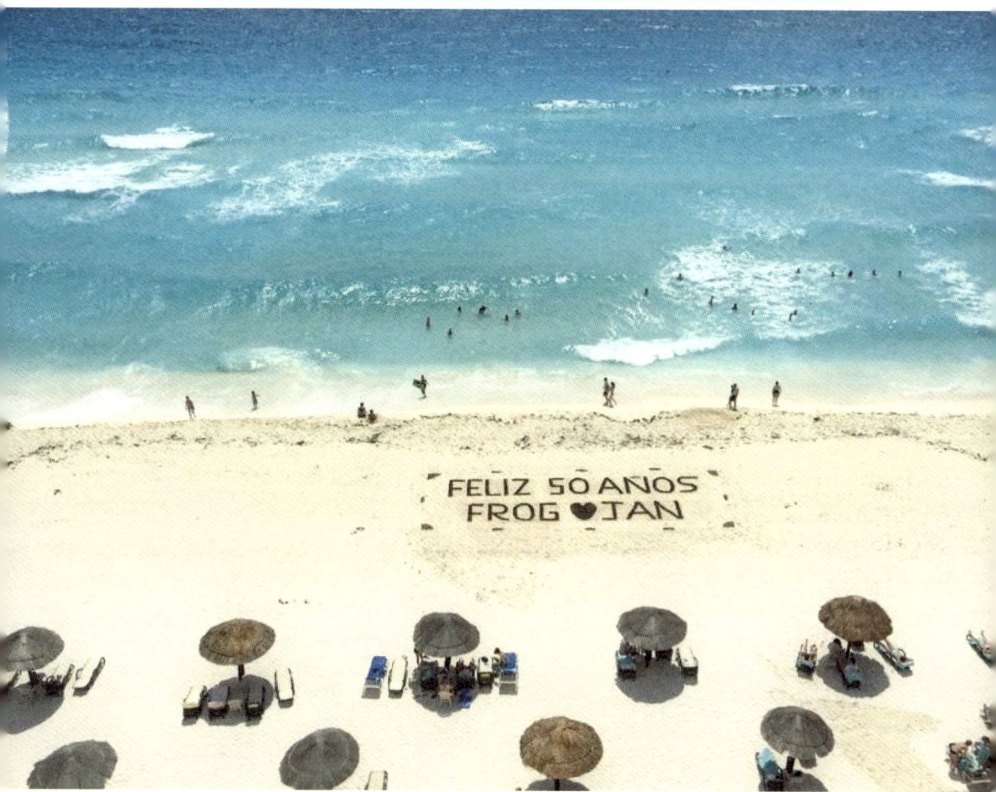

家门口的旅行

每年都出去旅行。因为疫情，出门旅游被按了暂停键。明媚三月，春生草发，无法拒绝春天的召唤，于是，开启家门口的旅行。

首先游走的是纽约的公园。克罗切伦公园坐落在皇后区的海边。公园的一侧有一个很大的草坪，围绕草地，是一圈步行道，几个六边亭台坐落在公园四周，可供游人休息，俯瞰海景。

这几个亭子外观完全相同，全部是绿色的角梁，白色的檐枋和吊挂楣子，红色的檐柱和坐凳楣子，看起来质朴而又典雅，庄重又不失清逸，很有中国古典亭榭的味道。

亭子，这种景观建筑在中外都很常见。在中国古代，亭子在商周就已经出现，在秦汉开始盛行。十里一亭，作为中国传统建筑之一，亭子不止出现于园林、佛寺和庙宇，还有街亭、驿亭和边塞的警亭，汉高祖刘邦就曾当过亭长。后来，亭子成了人们驻足和聚会的地方。作为吟诗作赋的风雅之所，更被文人墨客所青睐。再后来，长亭渐渐演变成古人送别的场所，长亭古道诉说着千年的聚散离合，寄予了天涯羁旅无限的惆怅和不舍。

在国外，无论是维多利亚时代还是爪哇的宫廷传统，凉亭通常是乐队演奏的场所之一。乐器摆放在凉亭，不但能遮风挡雨，凉亭的通透还能加强音箱的共鸣，让乐器的声音传播更远。克罗切伦公园就曾举办过几次上万人的大型音乐会。

公园的另一侧是一个小湖，水清草绿，被树木环绕。早春时节，绿草初长，蓝天如洗，清风拂面，空气宜人。树叶尚未成荫，阳光钻过树枝的缝隙，倾洒在湖边小路上，三两身影披着一身阳光在绕湖散步。这里很适合傍水而坐，看看书，发发呆，晾晒自己的心情或是静静想念远方的某个人。

纽约三月，冰雪消融，绿意尚浅，一湾春水缓缓流动。几只野鸭在水边嬉戏、晒着阳光。远处，一只白鹅，在水边一动不动，伸长颈项望着远方。一年四季，在时光的罅隙悄然溜走，这只孤零零的鹅，似乎一直在等待，在又一个花开草生的季节，继续孤独而执着地守望。

坐在公园长椅上看海天一色，云卷云舒，吹吹海风，想想心事。疫情虽在，也能寻一片净土。希望和梦想虽在远方，近处也有风景。

全世界的海边或许都一样，蓝天，白云，碧水，沙滩，而

身临各地海滨的心情又都不一样。风景再美，无人相伴，也是
枉然。有些地方水不是很清，天也不是很蓝，却因心仪的人陪
伴，而能唯美整个夏天。有些风景或许只能欣赏一次，有些缘
分也许注定不能行走一生，即使短暂却让人记忆犹新，就像某
个小城的海滨之夏温婉萦怀，慰藉你心。

春天是最美好的季节，适合播种梦想，倾心相爱，慢节奏
生活，用心体味自然，静静感受岁月。寻一处安暖，给自己片
刻安宁，听听鸟鸣，晒晒太阳，忘却世间烦忧，享受一份午后
的静谧时光。以淡然之心，看波光粼粼，绿草茵茵，不问风云
变幻，繁华瘦减，人世沧桑。

三月的克罗切伦公园看起来还有些色调单一，草木青黄。
没错，大纽约三月的主色调就是这个颜色。一个月后，同样的
地方，大自然会重彩浓墨地着色，会迎来第一树花开，早樱将
带着一丝羞涩的粉红，悄悄爬上枝头，盈盈点点虽然稀疏，却
足以撬动和点亮所有的春色。

任凭时光流转，岁月蹁跹，春之绿总会如约而至。是时候
脱掉厚厚的冬装，给自己解绑，是时候放下陈年的旧事，还自
己一份轻盈。随着春风，寻着绿意，踏出春天的第一句诗行。

无论多忙，尽可能给自己一个转身的空间，找一个喜欢的
地方，看看喜欢的风景，不负季节的馈赠。旅行的意义是去发
现未知的世界，感受宇宙的博大，人世的繁华，从而变得更谦

逊平和，从容淡静，也更加爱自己，爱生活。

世界上最遗憾的距离是，窗外满园春色，面容无尽沧桑；内心朝向大海，眼睛离不开手机。韶华易逝，青春易老，趁春光无限，趁岁月正好，珍惜当下，珍惜眼前，哪怕家门口，出门走走。看阳光移动，看炊烟升起，看倦鸟归巢，看季节回暖。

其实，幸福并不远，也许就在身边。追寻芳香满径，不如静待一朵花开；遥望缥缈的璀璨繁华，不如守住身边一盏灯的安静温暖。时间是一指流沙，细品人生，一卷书，一幅画，一首曲，一杯茶中都可见驻留的风华。

早春尽管萧瑟清冷，依然可以过得悠闲从容。放缓脚步，且把眼前的"苟且"调整到最舒适，六月的"诗和远方"毕竟有些遥远。

在春寒里守一窗和暖，烹一简单蔬饭，执一卷翰墨书香，静待一片潋滟春光。心中有诗，目中含情，岁月不老，年华未央。余生不长，每一寸光阴，都不辜负。

珍惜一年中最美的时刻，安然期待，纽约四月，与你相约。

烟花烟火

相约七月

跋山涉水，穿越西洋
披星戴月，背起行装
与你相约
看一段人世风光

你我来自天涯一方
草原，森林，江南水乡
携手一程七月时光
在路上
所有的风景都是异乡

结一段缘
把欢笑串成阳光
让寂寞对酒吟唱
将剩余的青春一起释放

不问年龄不问过往
你有你的来路

我有我回归的方向
结一段缘
只在七月草原的路上

卸除厚厚的伪装
把真实的自己流淌
抖掉心的伤
任悲喜在尝

田间，小路，清晨，夕阳
写满足迹千行
槛里槛外，红尘攘攘
帅哥在侧，靓女依傍
如遇真情，放弃抵挡！

不为艳遇才去浪
只因山青水美
绿野清香
不负人间七月芬芳

孤　独

不知不觉
习惯了一个人的感觉
这点滴的无奈
始于一个经年的离别

不知不觉
习惯了思念的感觉
每当夜幕降临
潜滋暗长相思的情结

不知不觉
习惯了痛的感觉
文字间的来去和牵扯
演绎着一场场梦幻和清欢
孤独的灵魂禁不住渴望
结束游荡靠港停歇

渐渐地想摆脱一个人的感觉

不想再静守一个人的夜晚
和一个人的天明
盼望着一年又一年的盛夏
憧憬游子的心终于返回故土
重新踏入家门的欣悦

渐渐地习惯了等待
在等待中继续思念和蛰伏
思念因时空变得模糊、孤单和清冷
因相遇而变得肯定、执着和热烈
那是因为生命里嵌入了你的章节

渐渐地有些麻木与痛的感觉
在痛里品尝着爱与忧伤
相遇与相知
相忆与相携

生命将会是怎样的绚烂和美丽
假如
让我震颤的你
带给我的不再是一场错觉

远　行

心累的时候

就去远行

背上简单的行囊

让耳目充盈新的风景

举棋不定的时候

就去远行

让车轮把烦恼带走

清风把思绪渐渐理清

失意失落

就去远行

整理好情感的束缚

才能轻装上路

愉悦前行

涂满二字头的岁月

展望三十岁的人生

苦乐酸甜，叱咤生平

该奋斗的时候不敢停
该舍弃时不贪不争
气贯长虹，荣辱不惊
较量须眉，裙摆从容

看遍了大千世界
只差最后一道风景
我要跨海而行
不管海的对岸会有怎样的风景

你就在那风景里面
遇到了你
前方的路
再不想独行

远行归来，身体疲惫，却内心轻松
远行归来，再不迷恋外面的风景
心里揣着你才去远行
你是我遇到的最美的风景

卷五

人生促促惜韶华

珍　重

近几年网络常流行两句话，"且行且珍惜""一别两宽，各生欢喜"。每当一对儿明星或名人突发婚变，网络上总会出现这两句话，把他们的悲欢离合渲染得铺天盖地。

名人的婚变似乎更令人唏嘘感叹，人们总是不由得想起屏幕上，他们曾经的一往情深、幸福美好。

有些夫妻的婚姻解体虽令人遗憾却并不意外。"且行且珍惜"短短五个字早已写满了深深的疲惫与无奈。尽管婚姻又勉强延续几年，感情却早已破碎不堪，分手势在必然。

也有些名人的分手虽让人错愕不已，深深叹惋，他们自己却坦然于心，不为利益维持虚假的情意，不为名声遮掩破碎的婚姻，不为人设秀出有违内心的恩爱。在一起时真诚相待，倾心相爱，情尽之时，和平分手，利落干净，不炒作，不渲染，尊重自己也令人尊重。

貌合神离的婚姻维系不了彼此一生的幸福，支离破碎的情感禁不住大风大浪的考验。如果感情真的无法挽回，最终一定要分手，没了爱，不如尽早松手，给对方和自己一份自由，让彼此尽早开始一份新生活。既然早晚要离开，没必要非把一杯茶喝到无味，趁着还有些情谊和好感，适时转身，还能给彼此留些美好的回忆。

这个世界，没有谁离开谁活不下去。在感情中，没有人能当救世主，没有爱的感情施舍给对方的只能是虚情假意，骗得了一日，你却温暖不了对方一生。

真正的爱不是完全骄横的占有，也不是一味谦卑的奉献。才华与事业或许在一定程度上能说明一个人是否优秀，却不能保证这个人一定幸福。我们或许因优秀痴迷，而爱一个人并不仅仅因为这个人的优秀。

有些情爱行至山穷水尽，总把当初的相遇归结为狭路相逢的劫数，殊不知，多少光阴的流转才能修得一次相逢。

人这一生能清清楚楚感知到的生命就那么短短的几十年，能彼此相爱、携手一程的时光本就不多。何况这其中，寻找，等待，苦守，遇见，磨合，甚至互相折磨施虐，到最终坦诚相待、倾心相爱，已是凤凰泣血，熬尽三生。或许就在生命的某个阶段和转角，两个人曾擦肩而过却两不相知；或许曾经相知，却未能惺惺相惜；或许曾惺惺相惜，却未能苦乐共享，携手白头。许许多多的理由和因素，缘尽时，不得不松手，剩下的只有余温里的遗憾和怅惘。

有缘相遇相知，在一起时，就应加倍珍惜，相敬相爱，对待彼此永如初见。不要等到物是人非，才开始惋惜，不要等到时过境迁，才开始怀念。生命如流水，不可逆转，趁着有爱的时候，狠狠爱，好好爱，不留遗憾。缘尽分开时，各自坦然，向前走，不回头，更无需纠缠。

有些感情就像相向而来的两列火车。曾经相遇，无论多么惊心动魄，但注定只能擦肩而过，最终背道而驰，一段情渐行渐远。也有些感情，像同向的两座列车，曾经并肩而行，却因速度不同渐渐拉开了距离。不过，因为方向一致，只要慢者肯追，快者肯等，在人生的某个驿站还有可能重逢，再次并驾齐驱直至奔向人生的终点。而相向而行的列车，相遇后短暂的停留就各奔前程，错过，就永远地错过了。相遇虽美却很短暂，相遇就注定了要分离。能在短暂的相聚中给彼此最真诚的爱意，绽放最美的自己，共同留下一份美好的回忆，就无需遗憾。有些缘分，命中注定，只能敛藏，不能相伴一生。有些情爱，只适合怀念，不能长久拥有，只能远远祝福。

和平地分手是修为也是福报。两个人即使分开，也没必要刻意否定对方的一切。两个人在一起的时光也是自己生命的一部分，否定对方，也等于否定曾经的自己。褪色的双人合影没必要刻意撕去一半，那些远去的人和事，就像夏日斑驳的树影，终将虚化成光阴里的背景。我们内心通透，看得清醒，活得洒脱，自在安宁，过往就会清风云淡，不惊不扰。

有很多夫妻因种种原因感情不和，为了孩子却苦守着一个毫无意义的婚姻。如果夫妻之间真的无法和谐相处，与其冷战或彼此恶言相向、吵闹不休，倒不如分开。为了孩子维护一个貌合神离的家庭，对孩子弱小而敏感的心理不见得是最好的选择。与其让孩子看到大人之间的冷漠与薄情，不如一起坐下来耐心诚恳地和孩子谈一谈。让孩子懂得并安心，即使父母分开，孩子的人生也会依然美好，生活依然和暖无忧，父母对孩子的关爱不会减少一分。

无论是单亲的无奈还是双亲的幸福，作为家长，都应该给孩子提供一个舒适安全的空间让孩子自由地成长。爱孩子，我们应该经常蹲下来，用与孩子齐平的视线看风景，站在孩子的角度看问题，以孩子般善良的童心看世界，你会发现你懂他们更多。同样，他们也会爱你、理解你更多。

有些婚姻的破裂是因为出现了第三者。女性面对第三者时，如何保卫自己的婚姻，电视剧《亮剑》中的田雨与好朋友"小三"张白鹿的对白，特别经典，给女性提供了最好的参考样本。

田雨：白鹿，好久不见了，真的挺想你的。（主动拥抱张白鹿）

张白鹿：田雨，我是不是该这样认为，你的拥抱，是一种体现大度的做作。

田雨：白鹿，你还是当年那个脾气，为什么要这么尖刻呢？你这么做，总有你这么做的理由，可我们还是好朋友，不是吗？坐吧，哎，老李，你也坐啊！

张白鹿：到底是田雨，好聪明的女人。其实，你表现出的大度，倒是在我意料之中。说真的田雨，我很怀念咱们的中学时代，也很珍惜你的友谊，可你知道吗？我收下了你的礼物，并没有给你回信，因为从那天开始，我就不打算再和你交朋友了。抢朋友的丈夫不是一件光彩的事，和你绝交了，就是另外一回事了。

田雨：可是，白鹿，我不想失去你这个朋友。你喜欢老李这没有什么错，我甚至觉得，像你这么优秀的女性，能够喜欢老李，我脸上都有光彩呢。白鹿，我是真心希望和你做朋友的，我希望你不要对我有敌意。至少咱们应该说好了，不管结局如何，朋友还是朋友，对不对？再说，老李，他也不是件东西，不该让我们两个女的抢来抢去的。他有他自己的思想，自己的感受，我们应该尊重他的选择。

张白鹿：听你这么一说，倒显得我心胸狭窄了。好吧！我同意你的话，无论结局如何，咱俩还做朋友。田雨，我知道我对不起你，可是，你知道吗？在这个世界上，只有思想和爱情是无法禁锢的，道德和理智在爱情面前，常常会显得很苍白。

真的，我不知道怎样表达才对，只希望你能理解。

　　田雨：是的是的，我理解。我只想跟你说，虽然我很爱老李，虽然我很爱他，可是在有些方面我做得很不好，我们在结婚的时候就有约定，将来有一天他要是不爱我了，就请他一定要告诉我，只要他说了，哪怕我爱他爱得深入骨髓，我也一定会离开他的。爱情是双方面的事，要是靠乞讨，我宁可不要。白鹿，至少现在，老李还没有跟我说他不爱我了，那我还是他的妻子，我不想背叛我们的誓言。

　　张白鹿：田雨，这是一本苏联军事百科全书，你知道，很少有女人去关心军事和战术，可我现在正在看这些，你知道这是为什么？我爱这个男人，我愿意为他做任何事情，包括培养我和他的共同语言，我可以不要自我，甚至荒废自己的专业，我可以不在乎他生活上那些小毛病，我不反对他抽烟，不嫌他抠脚，他满嘴骂骂咧咧都可以，他就是这样一个人，我不想改变他。跟我在一起，他感到轻松，感到愉快。田雨，为什么这些感受，他从来没有从你这里得到过。

　　田雨：对不起，白鹿，我想和老李说几句话。老李，我承认，我以前对你的关心不够，这些，如果你给我机会的话，我会改的，我会好好地爱你，给你带来轻松和愉快，尽一个妻子的义务，我能做到的，请你相信我。可是我也不想为了得到你，而隐瞒我自己的观点。有些事情我做不到的，我也必须向你说明，比如像白鹿说的，她可以为了你，放弃自己的专业，一辈子惟你是从。坦白地说，这点我做不到，因为我不想依靠你的地位，我只想做一个独立的女性，靠自己努力去生活。我觉得爱人之间应该平等，应该互相尊重，如果连这点都做不到，那爱仅仅是一种占有，就没有任何意义了。

李云龙：小田，你听我说。

田雨：刚才白鹿提了你的小缺点，她用了很温和的词汇，是不想伤害你的自尊心。可是，我不想迁就你，我还是要用我自己的语言。我认为这是一种很粗俗的嗜好，确实应该改一改。我承认我以前的方法不太好，但我始终认为，没有受过良好的文化教育，这个不是你的过错。在战争年代，这些小节也无足轻重，可是现在是和平年代了，你已经是个军长了，你应该做一个有良好修养和举止的军长，因为你代表的是中国军人。老李，如果你还爱我，我愿意改掉我的缺点，我能保证。但是我不能保证在以后的共同生活中，我会处处顺着你，唯你的意志是从。我可能会发脾气，可能心情不好的时候，会跟你吵架，会哭会闹，会让你心烦，甚至像村妇一样，挠你一下咬你一口，因为我也是个普通的女人。我心里不高兴的时候，就不能向丈夫发泄一下吗？谁让你是我的丈夫呢？这才是正常的夫妻生活。现在，老李，我给你选择的机会，如果你不爱我了，那我马上跟你去办理离婚协议，要是你舍不得孩子的话，那么，我也可以同意，让孩子跟你共同生活。当然，要是你不愿意和孩子一起生活，我也会好好教育他的，尊敬自己的父亲。我会保持好和白鹿的友谊，经常带着孩子来看你们。如果你们有需要，我会为你们做任何事情，因为我爱你们。

李云龙：小田，你别说了，你别说了，我不想离婚。小张，这件事情你和小田没有错，有错的是我。你错看我了，我这个人有的时候不太地道，按我们家乡话说是，吃着碗里的看着锅里的，我承认我喜欢你，你关心我，照顾我，还给我讲了很多的知识，我这辈子忘不了你，我欠你的。现在我明白了，我和小田是不能分开的，我的身体里流着她的血，我要是和她分开了，我这辈子血管里的这点血，会闹腾得我睡不着觉、吃不下饭。小田说得对，我这个人不能太惯着，一惯着就容易出问题。她说了，不想太迁就我，该吵的时候还要吵。这是实在话，这才是真正的夫妻。小张，对不起，请你原谅。无论到什么时候，我和小田都是你的朋友。

张白鹿：李军长，你千万不要说对不起，你有选择的权利，你选择了自己的妻子，是因为她比我更适合你，我祝你们幸福。田雨，你真是个聪明的女人，我算佩服你，聪明得让我妒忌。别忘了你说过的话，咱俩还是好朋友，对不对。李军长，田雨，这件事情就算过去了，以后咱们再也不要提了。李军长，田雨，你们谈，我走了。

如果女性能做到像田雨那样豁达不妒，理智大气，从容有节，不卑不亢，多数男性都会如老李般自动低头认错，乖乖就范。男人或许会一时喜新厌旧，但大多数男人本性良善，何况你们彼此深爱过，曾风雨同舟若干年。如果女性能一直自修自省，魅力不减，并且关爱递增，不做怨妇也不破釜沉舟、歇斯底里变成泼妇，男人即使稍有迷失的趋向，女人的微笑，自信和美丽总会化成绕指柔，让男人自动回归。

有人说世上有两种悲剧。一是得不到想要的东西，一是得到了想要的东西。得不到，是因为占有欲不能满足而念念不忘，得到是因为满足后的空虚和失落。爱的时候，愿抛弃一切，飞蛾扑火，奋不顾身；不爱的时候，又希望删除一切过往，断个彻底，一干二净。

"人而好善，福虽未至，祸其远矣"，无论得到还是得不到，无论爱与不爱，做人做事都应该心怀温暖，有善有情义，如此，才能身心自在，安享当下。

人生无常，世事难料。贫穷富贵、聚散离合、得意失意都是人生常态。有些人说走就走，有些意外说来就来，即使我们再不舍不愿，也只能平静接纳所有突如其来的失去和猝不及防的光顾。

人生是一个人的旅行，多数的时间我们没有旅伴，没有依靠，只能独挡风雨，坚强勇敢。人在旅途，唯有乐观面对，坦然接纳。无论是接纳一份不期而遇，还是接纳一份不辞而别。光阴不是用来凭吊过去的人事，而是让我们珍惜当下，过好余生。

杨绛先生说："世间最好的人生，是你不索取，不攀附，不低眉。"时光清浅，岁月嫣然，自在逍遥地做好自己，不为悦人，只为悦己，活得舒适、优雅、自在、安然。

活着，不是为了别人的评价，日子过的是自己的，悲喜自得，冷暖自知。一生很短，对自己要好一点，不要太薄情。做想做的事，见想见的人，读喜欢的书，看喜欢的风景。玫瑰虽美，毕竟花开短暂，只要你愿意，做一棵狗尾草也不错，生命坚韧，不屈不挠，一点儿阳光与微风，就可以幸福快乐地摇摆。

有人说钱钟书与杨绛的婚姻，包含了全部的道德、感情和乐趣，所以他们成了彼此的灵魂伴侣。

爱情的最好境界是彼此是对方的知音。知音的意义是两个人精神的共鸣和交融，彼此对望，即使不语也会心意相通；建立在知音之上的生活，即使热烈后归于平静，碧海清波，也波澜壮阔，涵容万千。愿女性都能像杨绛先生般活得清醒，看得通透，愿天下所有的爱情都能像他们，幸福持久。

无论历经多少聚散离合，这个世上，总会有一人，与你穿越时光的阡陌，共守流年，相伴终老。相逢不恨晚，终将相遇，浅笑嫣然，盈盈顾盼。

珍惜彼此在一起的每一寸时光。因为过往，无论多么璀璨，也比不上现在触手可及真实地拥有。而未来，无论多么流光溢彩，也比不上一个温暖的现在。

情　长

别离后心如竹篁

空荡又彷徨

河畔独行

秋波寒凉

流淌着一水离殇

身影渐渐变长

总忍不住回望

初遇时低眉浅笑

岁月缱绻，葳蕤生香

你我轻唱轻和

温柔着初夏的时光

夏日偷换成秋阳

转身的决绝

不堪念想

痴妄瘦成一剪黄花

风起处

蒹葭苍苍

夜晚一地的蟾光
斑驳成相思的辞章
里面躲藏着你的模样
面如秋霜

想问别来是否无恙
你静默不语
哀怨夹杂凄凉
憔悴透着感伤

欲说还休
不可思量
伸手去摸
唯有满窗的冰凉

有一种相思
拾起是牵挂
不语
却最是情长

怀　念

心绪微澜

枕雨而眠

初秋的温柔臂弯

拥着我潮湿的梦幻

混杂的思维

演绎着跳动的思念

回忆里定格的片段

被雨声储存为加密的文件

勾勒出你各种表情的脸

带着初秋的幽怨

时隐时现

相遇似乎蓄谋已久

别离却在漫不经心的一念

曾经　浓烈的相逢

到底输给了时间

以往　无尽的情深

也最终抵不过
轻轻一转身

以为
转身就是忘记
别离
即是各安天涯

而文字里的缠绵
却成了一种戒不掉的习惯
一颗本已放平了的心
偏却碰撞到月圆时你的孤寂

潮水般的涌入
冲动后的忙乱
继而思念落了又起
落了又起

悲王诜

十年苦读如梦
诗章羡煞春风
奉命迎娶公主
一旨仕途成空

浅予初见王诜
一笑芳心相倾
平生爱恨饮尽
玉殒情债偿清

宁做文臣武将
金戈铁马英魂
北宋盛衰荣辱
几度旭日乾坤

人生变幻莫测
爱恨纠葛难平
马头依依南行

均州孤烟飞鹰

繁华成灰落幕
弹指一霎酒醒
三载光阴悲渡
烟云梦断东京

童　话

秋阳送走又一夏

盛夏的缤纷绚丽

遁在一刹那

昨日浓烈的相逢

行至夕阳喋血

凝固成画

黑夜吞噬着小街的月华

秋风裹挟着善良的谎话

温情消逝在十月的蒹葭

缠绵落幕在傍晚尘沙

一句话足以摧毁一颗心

一封信彻底打碎一篇童话

两年的温情

瞬间坍塌

心如秋夜

透着悲凉和萧飒

踉跄着归去

归不去的家

再坚韧的心

难挨冷言的吹打

再无辜的秋水

不能挽救枯颜落花

我以禅心度余年

淡看流云

飘过檐下

你孜孜不倦

织就锦瑟人生

渴慕书外锦帛玉马

秋夜为界

以往都是童话

童话的尽头

转身

各安天涯

卷六

青春不负梦为马

相　遇

相遇，是前世的久别，今生的重逢。

相遇，是今生的践诺，来生的约定。

相遇，是各自独行时潜心修来的缘分。

相遇，是两个人的运气加上上天的加持。

与你相遇，似乎前世有约。在特定的年份，特定的季节，在一场盛大的历史背景下，也是在一朵花开的时间，你赫然出现，命运的转角处，你我倏然遇见。

遇见时，你曾一筹莫展，我正黯然神伤。回望中，不经意的一声喟叹，泄露了心底的惆怅，却驻足了两个人的擦肩。

六月的遇见，炫目的邂逅。淡淡几个弦音，轻奏几个音符，却默契地合奏出动人的和弦。你的乐章徐徐展开，韵律雅致，清新恬淡，悦耳悦心悦目。语无尽，意无穷，丝丝缕缕，演绎着曼妙与喜悦。

六月的清晨，芳草萋萋。朝霞和雨露浸染着岁月的门楣，你的文字轻舞跳跃，勾勒出你的面庞，于花前浅笑，空气中荡漾着一缕初夏的芳香。我静静坐在庭前，看树叶随风摇曳，沉溺于杨柳依依的想象。

六月的黄昏，水墨淡淡。忧伤渐渐隐匿在云层深处，你传递过来的墨香如檀香袅袅让人安宁，敛去人世喧嚣，温雅清俊，淡出红尘。

六月的夜晚，星光灿灿。你如窗前的月光缓缓注入，淡静如水，轻柔如纱，照进梦里，让一颗飘荡的灵魂最终安静了下来。

遇见你，哀愁往事不知不觉已化作一缕轻烟，窗外渐渐恢复了应有的生机。满园青翠，阳光倾洒，花香满径，异彩流光。

遇见你，六月的风不再烦躁，六月的雨也失了戾气。只有窗外的云朵，轻轻地飘，柔软洁白细腻轻盈。你像一缕清风，藏在云间，偶尔在窗前飘过，只是一瞬间，就吹亮了六月所有的颜色。

遇见后才知道，你与我曾经是那样地靠近，我们走过相同的街道，住过相同的城市，看过同样的历史剧，近乎相同的排序。虽两不相知，却似有着默契的相约相伴。我沉迷于你每一篇文字，那份共鸣足以让灵魂震颤。

风真实地掠过，雨一次次飘过。来过的都不是幻影，如同你的存在，虽不可触摸，却真真切切。你的文字真实而丰满，像画，像诗，清朗俊逸，淡雅出尘，又饱含生活的哲理和人世间的感悟，徐徐缓缓，似乎引领着我步步前行。

我想，即使某天，风永远隐匿，雨彻底遁形，这世界突然断了你的消息，你来过的痕迹，会依旧温暖我心，千回百转，温润含香。

没有一片绿叶能留住夏天。秋总会来，冬也总会来。又有何妨，不经意间，你已把一夏芬芳种在我的周围。相遇后的每一天都揣着你，踩着蝉鸣走进夏日晴光，也许明年此时，在时光的罅隙里，或许一片绿叶、一片森林中就能再次寻觅到你，不期而遇。

也或许，这个夏天你带来的丝丝清凉和点点暖意在以后的每一个夏天如约而至。带着你的微笑，含着你的味道，在无数个花季扑面而来。无论那时你是否还潜藏在我睡前的每一封信笺，和晨起的第一个微笑里。

你是今生极致的浪漫，带着猝不及防，惊心的美，不知不觉中，渐渐温暖地靠近。能用真情与喜悦共同谱写一段遇见，再一起静静期待邂逅的结局，真是上天赐予的恩宠。

与你的相遇，像夏日的一场梦，夹杂幻想，期盼与感动。这份遇见是这特殊苦难的一年最好的慰藉，更是这寂世锦年最好的礼物。以后的日子，如果再遇烦恼和忧伤，想想你，心中就有了安慰。世事无常，想想你，也会多了一份勇气。秋意袭来时，你会增添心中一份暖，萧瑟寒冬中，你会是心中期盼的又一季花开。

如果不曾相逢，你是否依旧枕雨而眠，揣着往事，任年华独自苍老。在每一个静寂的夜晚，将不舍虚掷的青春，在梦想与执着中慢慢耗尽，滴滴点点敲打进文字，任墨香流淌在流水轻烟里，直至汇编成一副流芳锦画，飘荡在浩渺天地之间。

人生的所有故事，都是在深深浅浅的缘分中，与尘世的种种相遇。

人生初遇，两情相悦、乍见之欢被按下暂停键，即永恒为童话。继续前行，走入俗常，则是生活。是童话还是生活，我们在相遇之初从未想过。

不期的相遇不会藏有陷阱与诱惑。人生初见，没有目的，没有奢望，只叙重逢，不言离殇，也不问，前程岁月已把彼此雕刻成什么模样，不问过往更不对未来设防，只愿能在彼此心中种下一缕暖阳，一路温暖相伴。

　　无论能走多远，会心一笑，坦然自若。之后是一别两宽还是一路同行，由心随缘，只要不忘初心，不忘初见。如此，无论同行多远，都是美好；即使各自前行，仍心存感念。走近是喜极相拥而泣，走远是另一种深意与怀念。不聚不会有分离，相隔的是距离，相守的却是更远更长的美好和惦记。

　　人生，本就是一场漫长的旅行。每一段每一程，都有无数旖旎的风景和一路不期而遇的缘分。有心花怒放，惊喜万分就会有叹惜惆怅，憾然失落。当心动与欣喜溢满心间，即使再美的风景，也无人能将其定格成永恒。繁华落尽，万物归尘，安宁淡静。唯有内心的丰盈，才能将擦肩而过的情愫沉淀为一份懂得与厚重，珍存在温婉的岁月，伴自己一路前行，不疾不徐，日日生暖。在每一个风起雨后，静静绽放，暗香如故，直至花开到极致，曼妙无穷，荼蘼亦欣然。

　　有些遇见，像天边的星。美丽，孤独，闪着光，含着情，清浅却又醇厚，清晰而又遥远，只能远远互望闪烁，永远无法靠近。只能简单地欣赏，让喜欢走得更长远；简单地陪伴，两厢心安；简单地相守，给彼此最美最暖。把彼此藏于对方心中，拾起，灵魂便有了依靠；放下，在缄默中给彼此留下一片蔚蓝。

　　九月仍暖，花事未央。夏天的故事，夏天的风，夏天的相遇，夏天的梦。

　　夏天就要远去，从手心里沾上的第一片花香到花开十里，草木深绿，遍野幽香；从花雨满身到绿叶飘零，秋风渐至，冷韵无声，无论怎样，这个夏天种下的故事，注定会结下记忆的种子，以后在每一个花开的季节，有一种熟悉的味道会随着花香慢慢飘溢，直至风行陌上，葳蕤生长。

离　别

这世间所有的相遇都会变成一场离别；

所有的离别，都会以另一种方式重逢。

人生的遇见和别离，有着丝丝缕缕的根源，冥冥之中或许早有定数。就像万物的存在，都带着自身的使命。无论花开花落都是四季，云卷云舒都是自然；阴晴雨雪同属气候，月圆月缺都是诗意；聚散得失同为人生，相逢与别离皆为寻常。

时间的荒漠里，能遇到一人，同路一程已实属难得。有些人有些事，在一定的时间出现，像是命运的安排。有的只是渡你一程，默默陪伴护送你一段，直至你与下一段际遇重逢，他们默默远去，完成自己的使命。

走过一段桥，一段路，即使再依依不舍，频频回头，还是要继续前行，直到抵达生命的终点。

不是所有的一见如故，都能陪你走到岁月的尽头。

不是所有的相遇相知，都能十指相扣，永不离弃。

我们在前行中一路遇见，一路告别，不断成长，走过别人，也走过自己，丰盈着岁月，积攒着经历，最终渐行渐远的都是回忆，留下的少之又少，直到桑榆暮年，步履蹒跚，猛然回转身，才发现与懂得陪伴在生命最后，那些一直不曾远去的美好和意义。

人生有如一片秋叶，无论在梦想中如何飞扬轻舞，绚丽沉醉，最终总是在静寂中黯然沉落。

人生因缘而聚，缘尽而别，因情而暖，情淡而凉。

有一种情感，不能长久拥有，只能轻轻敛藏。

有一种悲凉，不能泣诉，只能藏在心头，一笑而过。

留下淡淡喜欢，淡淡怀念，各自前行，不惊不扰。

有些别离，情非得已。离开，或许是为了更好地呵护与守望，就像落叶不得不接受季节的驱逐，落地为尘却依然守护对根的情意。

或许，命运许你我一次未来，不为一生相守，只为一次懂得。

冷漠的背后可能是温暖和深情，绝望的尽头也可能是柳暗花明，破涕为笑的希望和生机。

这个世界有时太冷清，我们又独行太久太孤单。生命的路上，能遇到一份懂你的人已弥足珍贵。最温暖的相伴虽然是咫尺之间紧贴于心，而最珍贵的懂得即使远在天边也一如近在身旁。

感恩，珍惜，我们一路相遇的时光。在温婉的岁月里前行，最重要的是无悔自己的选择，在静淡的时光遇见，也以静淡落笔，恬然一笑，欣然满足。

我们一路捡拾岁月赐予的美好与感动，生命中那些得失与聚散经过流年的冲刷，最终都会转化成暖阳与记忆，妥帖收藏于心底，伴着我们继续前行。直至下一场春暖花开，在另一种重逢中灼灼绽放。

烟花烟火

秋日私语

浅秋，微雨，水墨情怀。

读书，写心，周末时光。

秋天的沉香中总是透着淡淡的寂寥，静美中挟着丝丝感伤。即使收获了成熟与饱满，仍填补不了那份莫名惆怅和点点失落。

盛夏骄阳，夏花灿灿，点燃人间童话；秋色泱泱，秋雨潺潺，童话在清凉梦境中戛然静止，惹落花片片，情意长长。

秋风渐起，红叶在风中起舞，一半翻飞，一半飘落。

清秋高远，秋菊在十月里盛放，一半妖娆，一半清婉。

山青水碧，蒹葭处望秋水长天，眉目清远，心生安然。

秋虫唱晚，弯月中藏悲喜愁欢，秋夜深深，思念重重。

　　路旁黄色的小野花，在十月依然努力舒展，认真地绽放属于自己的精彩，在秋风里兀自清欢。

　　一朵花，一片叶，一棵小草，一株藤蔓，即使无人关注，无人欣赏，无人懂得，依然努力盛放，生长。阳光下，独自明媚，随遇而安，淡然清心，轻舞欢颜。

　　一朵花开，蕴含多少绚丽娇艳，红尘里就有多少迷醉动人的美眷年华。

　　一片落叶，承载多少寂寥飘零，人世间就有多少憾然惆怅的感伤失落。

　　愿每一朵夏花都开在时光之湄，年华不负，得到善待。愿每一片落叶都能心满意足，空山秋雨后，承载的思念都有归处。

　　人生中很多遇见只是一瞬，如秋叶飘零，如昙花一现，可是为了这份遇见，我们却已经等了太久，走了太远。

　　有人说，大凡灵魂相似的人，有幸相逢，就是永恒。或许因为这份相似，所以心境相通，所以气息相同，就像被一种神秘的磁场吸引，跋涉千里，直至相遇，之后一路同行，一路相伴。有一种情感，能在红尘深处相遇，彼此重叠一剪时光，就已是上天的恩赐和最美的缘分。

生命中的遇见，并不是只言片语就有答案。青山不老，生命犹在，缘去缘来，又何惧此时的落花飘零。一路走来，风尘仆仆，得也安然，失也安然。当一切繁华过往最终在秋的沉寂中徐徐落定，内心堆满温情的记忆，安宁恬淡，袅袅生香。

每个人心中，都藏着一个特别的人。生命的行旅中，总有一程风景，一段故事，一种经历，一位佳人，让我们铭心，温暖，感动，想念。

想到你，在红衰翠减的冷落清秋，或许正临窗听雨，墨舞红尘，在文字的丛林，重温历史的烟尘，复活远去的缤纷。

想到你，当细雨慢煮岁月，或许刚夜跑结束，疲惫的身心沉浸在微雨中，抛却烦躁，吐浊纳新，直至内心在自然的禅意里安静下来，闭上眼睛仰对夜空，神清气爽如沐春风暖阳。

曾以为我们还有一生可以厮守，还有无数个明天可以倾诉，还能共同谱写一万篇童话故事，合奏一曲跨洋越海的美眷年华，谁知，如此缱绻情深，最终也抵不过秋风中的轻轻一转身。

岁月的渡口，有惊喜遇见，相伴流年，就有黯然离别，各安天涯。一场来去匆匆的相遇，或许直至尘埃落定，才会让人明白它温善的本性和纯美的意境。

一叶飘零，心绪微澜，等候一场约定的结局，在秋韵里诠释一场遇见，直至满园落英缤纷，炫丽斑斓，馨香馥郁。静望一湖阑珊，心若秋水，无需答案。

不论还有多少眷恋或遗憾，不压抑不隐藏，不伤悲不逃避，循着本心，任思念恣意蔓延，面对秋阳，静静前行。深秋向暖，心存良善，静水流深，慢看旖旎生香的风景。

秋风渐起，淡淡想你。想说天凉，记得添衣，却突然记起你不在轮回的四季。

我的世界，你曾来过，哪怕清浅，也是生动。曾有缘共度一段红尘，同守一程岁月，即是波澜不惊的懂得，又是豁达清婉的情深。

如果相欠，必有相见。那么愿我欠你一世一生。可尘世间所有的相欠，又都会以另一种方式来回归，命中注定的相属不需要殚精竭虑，命中注定的相欠也无法刻意偿还。

如果此生真的天意难违，愿我们都能淡看荣枯悲喜，洒脱前行，将岁月里的凝重和繁琐写意成轻装而行的旷达和简单，在温婉的岁月继续灵魂的远行。

读懂了人生之秋，就懂得了生命之重，看淡了人生的得与失，聚与散，就能如常看待每一场相遇和别离。

无论见或不见，都会想念。此生最美的遇见，是与你。

而与你所有的过往欢喜，都将蕴藏在岁月的褶皱里，在未来的时光，浅念，细品，深藏。

罂　粟

以为你是一株良缘奇葩
走近才知你是一棵罂粟
你盛开在我漫步的路边
被你的风姿迷住
忍不住停下脚步

你迷恋百花的妖艳
沉醉于与她们在风中共舞
花蕊娇媚却不懂你内心的苦
作茧自缚你难解一身的毒

你自视不凡　暗自把能量集注
为一发冲天卧薪尝胆含辛茹苦
只盼他日成为擎天玉柱
怎奈漆黑冷夜罂粟难耐孤苦

花瓣醉酒微醺一时的麻木
朗朗乾坤爱恋痛醒生死都不如

风月欢愉成瘾已入骨
前世情孽今生难救赎

以为你是棵不同寻常的竹
因经纶满腹而英才天妒
想做竹边的一棵蒲公英伴你永驻
你却任风将我吹散
由擦肩转成陌路

为你燃亮的真情无尽无数
直到渐渐香消玉殒
你依然痴迷花海中的激情
义无反顾

回顾相逢的一幕幕
蒲公英顿然觉悟
人间真情罂粟从未眷顾
灵与魄如能安然相守
相遇又怎会分离得无缘无故

蒲公英在撕裂飘零无助
林间的风声是她的呜咽
如泣如诉
红尘绝去
山林为界

各自从天路

以为你是人世奇物
扛负着磨砺宝剑的苦
你却只是一颗罂粟
我在涯边漫步
不小心坠入
你盛放的
山谷

梦　境

想你的时候，总是有些低落。淡淡的感伤无人可以诉说。

想你的时候，习惯一个人静静地坐在角落。听几首你推荐的音乐，阅读几本你读过的书籍，写一些与你有关的文字，任时光滴滴点点地流过，往昔情意难以割舍。

想你的时候，在想你是否偶尔也会想起我。收不到你的信件，感觉不到你的气息，有些失望，有些难过。

想你的时候总是习惯点击一个固定的链接，即使依然无语，依然沉默，能在文字中捕捉到些许你的味道已足够安慰寂寞。

想你的时候，写下这篇日记，刻下秋阳里的思念。想着此刻的你正在做着什么，是否白天依然忙碌，夜晚照旧通宵达旦，谱写千秋笙歌。

想你的时候，任你的照片在屏幕中久久定格，就这样读着你的呼吸，读着你的沉默，读着你眉宇间微皱的神色，读着你的执着与微微忧迫。

深吸口气，闭上眼睛，我在心中为你画像：稳健，沉着，坚定，夹杂些许落寞。虽然我不是画家，却能把你的轮廓从着装到神态，分毫不差地勾勒，因为读你，已成了每一天的首项工作。

身体慢慢靠后，就这样与你静静对坐。窗外的人群不停在穿梭，窗外的车流不停地驶过，而我却游离了这个世界之外，此刻，静止的不只是屏幕上的你，还有定如一尊石像的我。

任十月的窗外由日正中天，变成夕阳西落，手中的一杯茶由热到温，由温到冷，我凝望着你，你凝望着我。空气开始在你我之间凝固，浓缩。沉积的思念越堆越重，越聚越浓，沉得让我有些失重，不堪负荷。我所有的思念都因你而起，或许你早已不想记得，这世界还有个我。

很想对你说，最懂你的人是我。不是不够自信，只是不知道能否给你带来快乐。

很想对你说，最牵挂你的人是我，不是不敢承诺，而是怕给不了你幸福让你再多一次失落。

很想对你说，你应该属于我。不是没有勇气，只是怕弄脏了安放在文字里的两千三百封心语，寂寞时一遍遍回味，字字句句早已婉转成歌。

我是多么希望能遵守彼此的诺言，跋山涉水，生死相随，输得坦荡，爱得洒脱，那是相遇之初就开始的期待和梦幻。多年以后，大洋彼岸，林荫湖畔，两个人紧紧相拥，一起见证生命的奇迹 —— 我终于等到了你，你终于找到了我。

魂牵梦绕的倾心相遇，戛然而止，倏然静默，只剩下我一个人的喋喋叙说。你突然消失在文字的尽头，瞬时间，所有的风景黯然失色。

怀念芳草萋萋的庚子夏夜；怀念赌局初定与子成说；怀念初心萌动情投意合；怀念彬彬相待，人生初见的你我。

最深的怀念在午夜猛然惊醒，发现自己竟穿越了时光。

原来你并不存在，所有的想念只是我的一梦南柯。深情款款，儒雅翩翩，卓尔不群，孤高清俊的你，不过是我·场梦中的虚设。

卷七　吾心安处是吾家

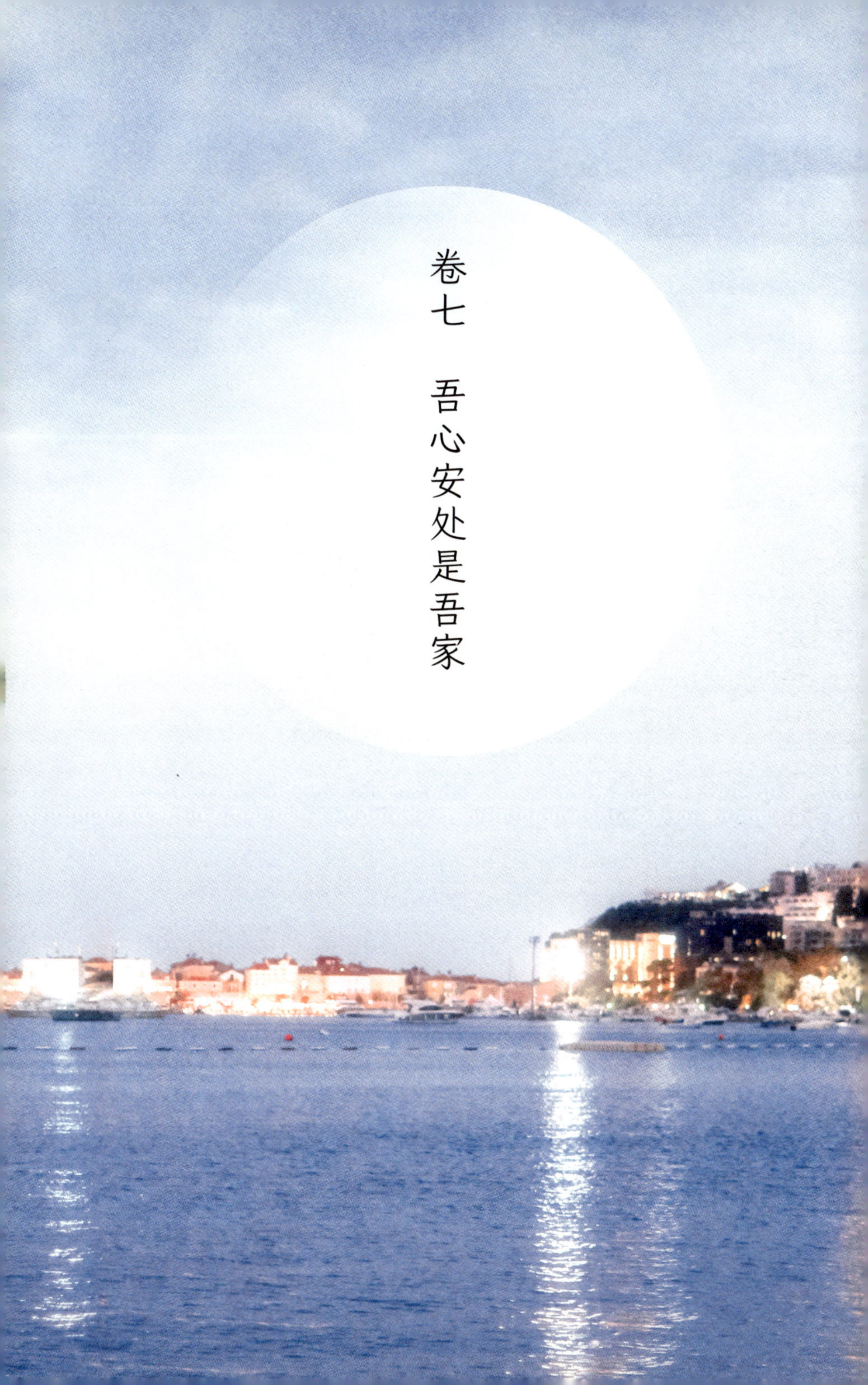

纽约，纽约

纽约 —— 一个让人又爱又恨的地方
纽约 —— 一个时刻让人想离开
又无法离开的乡邦
昨天还是白雪皑皑
今天已是明媚春光

纽约 —— 有点像丽江
给你梦一样浪漫的开始
也注定给你美梦结束的苍凉
你不想记得伤痕过往
却也舍不得丢弃曾经的美丽时光

纽约 —— 有点像故乡
十多年的浸泡
有亲情、无奈和不舍
有欢喜、离散和感伤

想华丽转身
却又牵肠挂肚
想毅然逃离
却无法回归来时方向

纽约，移民淘金者的天堂
只是天堂里人潮拥挤，车来车往
我早想静静靠港
你却依旧摩拳擦掌

纽约
一个教你终于懂得爱
也最终失去爱的地方
只有在梦中
才会重温以往纯真欢快的模样

纽约，给你希望又让你彷徨
纽约，给你梦想又让你牵挂远方
想在纽约等你
两地相隔的夜却太长

爱他？来纽约吧
我们重新开拓一片绿野芳香
不爱他？也来纽约吧
你可以安之若素在心底把他埋葬

恨他？那就离开纽约吧
朝向四季如春的新天地启航
不恨他？忘记纽约吧
那只是你前世的梦　魂牵一场

圆　月

十五的夜空

都是一样的明亮

只是有你的南国

大地多了个曼妙的投影

没有你的北方

月华透着一丝残缺的忧伤

十五的月光

映照着三年的幻想

回家

是所有幻想中

最美的奢望

哪怕舟楫渺渺无影

希望远如星光

我在异域

你在他乡

一个繁世穿行

一个素履之往

思念
远跨万水重洋
文字的来去与缠绕
诉尽温情的渴望
搭建成一座翰墨桥梁

十五的月光
是爱的甘泉
滴滴流淌
照着我的内心
那是一片寂寞的荒原
一半火热，一半寒凉

我拜月祭天
只为能乘驾今晚的月光
跨越樊篱
站在你乡

柳下花前
无止无休地沦陷
与登声交织欢吟
不负月圆时光

你
擒寇成王 宽衣解带

我

俯首称臣　甘为待宰羔羊

秋　思

秋韵
轻轻叩响窗棂
雨滴
穿透夏日那场梦的底蕴
回望
夏秋冬春的流转

从烟雨沐风
山峦叠翠
到秋风萧瑟
寒冬寂寂
走过一年四季
却始终
没走出你的文字

这一年
一直栖息在
你的字里行间
你的灵魂

时而从书卷里跳脱
与我冉冉起舞

潜滋暗长
思念的苦
爬上眉宇间
游离出时光
渐至无法掌控

想念是心灵的本真
渴望是灵魂的呐喊
却最终湮没在
时空的牢笼

任由雨落成诗
花落成冢
这一首思念凝结的墨痕
是我心灵的颤音
在指尖轻舞

藏款款柔情
敛一身傲骨
半生流浪
半世孤独

偶然相遇

怦然心动

悄然欣喜

倏然静寂

在一朵莞尔的清香里

守望归宿

相思

燃尽灯火阑珊

孤独

望断秋水长天

直至

光阴把夏花焙干

揉进你书卷的阡陌

在你的翰墨里品读

风来雨往

人群熙攘

一场场生命的轮回

你播洒的文字

在我的心间

点墨成花

挥斥成雨

而我的文字

只需

你一个人懂

就足够

诺　言

暮秋微雨
沉静不言
在大地上展开
一幅清宁的画卷

红橡默默地着色
银枫翩翩轻落
星星点点

一缕风
打翻了调色盘
卷起色彩斑斓
调皮地
重新为秋天调色

枫红一丛丛
黄绿一片片
不妩媚却翩跹
不喧嚣只明艳

在冷霜里缱绻

轻轻低叹却不幽怨

她们轻吟着一个诺言

春晖归来时

繁华再现

芳香满庭院

思　念

初遇的问候已走远
忘记那惊艳的瞬间却很难
淳朴的文字曾那么暖
错愕的冷言却揪紧心弦

自由的天空里翱翔太久
很难将方向扭转
视线却依然追随着你
不停地流连

心似回归的船
情是张满的帆
思念是岸 —— 遥远
偏却望眼欲穿

从不轻易许下诺言
不管思念多苦多酸
真爱若能跨越光年
思念比爱更远

转身难

停留亦难

拿不起的隐忍不是懦弱

是怕秋天的童话

被现实的石门惊散

思念每晚，每晚

沉默更难，更难

孤独在思念中膨胀

思念在每一个静夜

无限蔓延

卷八

踏遍苍茫落繁华

未　来

当往事成风
当未来蹲在遥远的黎明
当所有的情爱只剩下背影
当你还隐匿在我看不见的远方

我用孤独送走辉煌
用寂寞偿还极致的花开
用文字燃尽青春的余痕
用书籍摇橹风雨四季
眺望彼岸

走过芳华
尝过幸福
品过得意
有过天真
我对生活一往情深

如今

万念俱在
一如初衷
笑里绽放着无畏的从容
继续前行
且用诗歌抒写余生

春节随笔

小时候，春节是一块小锅白糖，是一年唯一的一套新装，是母亲精心烹制的一桌美味佳肴，是敲锣打鼓踩高跷的东北秧歌，是大年夜和姐姐一起到市中心看流光溢彩、灿若盛世大唐的花灯。

长大后懂得，这个节日由来已久，凝聚着几千年的历史文化，是中华民族一年一度的古老风俗，亦是民间辞旧迎新的一种习惯。

现如今，春节只是简简单单的一份希冀，知足常乐的一份相守。为一年的平平安安而欣慰，为家人的团聚而庆贺，为亲人的安康而祈福。

记忆中小时候，春节隆重繁盛，年味浓厚。还不到小年儿，母亲就开始忙着里外打扫，拆洗被褥，准备全家人的新袄新裤。父亲和哥哥负责采购年货，从鸡鸭鱼肉、青菜水果到花生瓜子、糖果爆竹应有尽有。春节前几天，哥姐在母亲的指挥下糊窗缝儿，贴棚纸，家中焕然一新；贴对联，挂红灯笼，屋里屋外喜庆洋洋。

大人们在初五前不出去工作，一直在家休假过年。三十儿一大早，母亲就在厨房用大锅煮上猪头肉，开始准备年夜饭，顿时，满屋香味四溢，年味十足。小孩子穿着新衣裳，兜里揣着大人给的压岁红包，吃着冻秋梨和糖果，屋里屋外开心地奔跑嬉闹。

除夕的年夜饭，是春节的重中之重，也是一年所有节日中最丰盛的一顿晚餐。餐桌上，煎炒烹炸样样俱全、荤素搭配色味俱佳。小鸡炖蘑菇和炖酸菜是东北家家户户必不可少的过年菜；美味全鱼是年年有余的好兆头；清蒸肘子，寓意蒸蒸日上，吉祥富贵；红烧猪蹄寓意手往里刨，财源广进；炸丸子寓意家人团团圆圆，炸红枣意味生活红红火火。

开饭前，会燃上一挂爆竹，以示喜庆和欢乐。之后，全家人围桌而坐，欢聚一堂，举杯庆贺，谈天说地，直至酒过三巡，菜过五味，暮色四合，华灯初上。

晚餐后家人一起聊家常，看春晚，玩扑克，打麻将。无论输赢都开开心心，无论胜负皆大欢喜。再之后一起包饺子，喝茶守岁。待到央视零点敲钟前一刻，千家万户，鞭炮齐鸣，烟花同放，接财神，吃饺子，和央视一起倒数跨年，祈愿祝福。

无论三十的年夜饭多少山珍海味，多么酒足饭饱，半夜仍要再吃一顿饺子，它的寓意是更岁交子。子为子时，也就是辞旧迎新的时刻。吃饺子意味大吉大利，喜庆团圆，生活富裕。

吃完饺子，除夕庆祝才算真正结束。年三十虽已落幕，但过年的气氛会一直持续到正月十五吃完元宵。这期间，天天欢庆，日日畅饮，觥筹交错间笑谈江湖轶事，盛世烟花中喜看岁月流年，怡情悦性，其乐无穷。

长大后，虽不再像小时候那样期盼着过年，却因儿时对春节的繁华喜庆记忆尤深，以至春节这一天，总是有着仪式感，也总习惯在新旧更替之时，审思，自省，唯愿能做到每一年都善始，善终。

在年末，习惯把家里和工作上的事情整理有序，画上一个满意的收尾，为新一年启动一份亮丽崭新的开始。

审视即将过去的一年，真诚对待身边的人和事，以平常心对待一年中的得与失，以温婉平和的色调和张弛有度的节奏度过人生的又一年，便不觉遗憾。

这一年又走了很多路，认识很多人，见闻许多事。有些人偶遇于这座小城，有些人终生不将谋面。不管是匆匆擦肩而过，还是现实里永远的两不相知，这一年，他们都将成为我生命中深深浅浅的回忆。在华人共同拥有的节日里，我会为所有能记得的朋友真诚祝福。

人生最深刻的幸福满足与悲伤心痛，不是大喜之日的鸣锣庆贺，和大悲之时的捶地哀嚎，而是生活细微之处，于平淡岁月中对得到和失去的感知感悟。感谢年少时虽穷困贫寒，却拥有纯粹简单的快乐；感恩年轻时虽经历曲折，却能行万里路，领略世界的博大，感知自己的渺小；感恩现在，虽青春迟暮，却能在又一年的岁末，潜心静坐，怀着对生命和自然的敬畏，对生活真切地表达感恩。

有人喜欢在富贵荣华中追逐热烈，有人喜欢功成名就时实现自我，而我只喜欢现在这样的生活，拥有自由富裕的时间，清守一份独处的宁静和恬淡。生活情趣和喜好不因年长而递减，有喜欢的书籍陪伴，有文字入心、性情相投，情谊久长的朋友，温暖充盈着生活。时常想起那句话，如果生命不能延长，生活质量必须浓缩。

曾有人读我的文字说，"第一次见到这么真实地写自己内心的人，生活的跌宕起伏不能掩盖你那颗对生活热烈向往乃至于渐趋平和的心灵挣扎，有无奈后的清淡、有相遇相知的感恩，有融合于自然美景的跳跃，也有对时光流逝的悲伤。可谓细腻温柔婉转多情，这样的一个女子，体察入微，生活的磨炼不会对她的心有任何的损伤，只有美好的点滴回忆。"在缥缈虚幻的网络，现实里几乎两不相知的朋友，仅从字里行间能读出这份了解，人生怎会寂寞，生活又怎会孤独。

春节前夕，宁静的夜晚，听着轻轻流淌的音乐，静静梳理一年的心灵过往。桌上一束百合，手中一杯绿茶，花与茶意会神融，满屋生香，芬芳馥郁。

节日的气氛慢慢降临，喜庆冉冉攀升。在有限的空间感受无限的情感恣意蔓延。可放纵心绪，臆想浪漫，体味孤独；可似有所等，又无所盼的看看手机，感受思念。一个人，自己会更是自己，不会有人群里喧嚣后的失落，而夜晚的宁静也会完整地属于自己。

当一首久违的老歌再次响起，我飘忽的思绪，如同这座小城期待已久姗姗来迟的雪花，轻轻落地。当爆竹如流星在漆黑的夜空倏然划过，瞬间华丽绽放，我也如一粒花蕾，喜悦在心，轻轻开花。《卡萨布兰卡》这首老歌就像一个情人独霸着我的情感，牵引着我的心绪。有人说，一个人听歌，自己不是听众，如醉如痴时，歌手是自己。

窗外，街巷歌厅茶馆饭庄几许喧嚣浮华，不盲从，不躁动。安然静坐于室，遥想未来岁月，追忆半世年华。两个人在一起可能是快乐幸福，也可能是折磨痛苦。学会暂时适应一个人的生活，简单，清宁，洁净，纯粹。一个人一样可以享有快乐，懂得享受孤独，心智已是真正的成熟。懂得孤独，就更懂爱，懂得如果爱，会深爱，把爱和生命珍惜。

生存需要技能，需要智慧，更需要品行；生活需要品味和情趣，更需要懂得爱与孤独，才能为自己留下更深更广的空间，从容走过岁岁年年。

花开夏未央

秋雨浸凉了时光
雨声轻摇着梦乡
恬淡的笑容漾在脸庞
勾勒出梦中的欢唱

一缕阳光悄悄飘进轩窗
照醒梦中的轻狂
对镜淡梳妆
倦怠轻挽着一丝忧伤
沉浸在梦里归家的想象
月圆人圆共醉乡

窗外糖枫晾晒着新洗的秋裳
暧昧的身姿在秋阳下飘荡
一阵明艳
一阵暗淡
一半青绿
一半金黄

夕颜又悄悄爬上篱墙

挣扎着试图挤走秋霜

四处寻找

努力朝着夏的背影张望

我的世界阴郁如雨季

你的城市长夏伴晴光

我渴慕艳阳如火

你静守着一窗清凉

你与我

隔着秋与夏

沉浸在交集的想象

穿越时空

互诉相思的癫狂

共盼日久天长

你发来一束栀子花

洁白如雪莲

明媚如春光

花与朵尽情舒展

娉婷盛放

在屏幕上绽满芬芳

我的心随天空一起突然变晴朗

温情的花朵温和的你
是那般清婉温润的模样
一朵花
几行字
一个笑容
把世界瞬间燃亮

念念不忘
庚子七月
大洋彼岸　栀子花香
那年花开夏未央

美　食

民以食为天。走遍了大江南北，尝遍了天下珍馐美味，最喜欢的还是家乡的一些美食。每年回国度假，第一件事，就是让舌尖重温一遍那些令人魂牵梦绕的家乡小吃。

首先大快朵颐的一定是烧烤。东北烧烤的食材种类繁多，天上飞的鹌鹑鸽子，地上走的鸭头鸡爪，水里游的鱼虾蟹蚌，土里长的瓜果青菜，只要能吃的东西，都可以放在火上炙烤。食物烤到一定火候，撒上孜然、辣椒粉，立刻散发出一股独特的烧烤风味。

羊肉串是烤肉最基本也是最经典的食材，它是烧烤的灵魂。无论食材衍生多少种类，羊肉串必不可少。食客们无论口味多么不同，坐到桌前，都会先点几串羊肉垫底。

烤熟的羊肉色泽焦黄，肥瘦相间，满桌飘香，闻着就令人垂涎欲滴，吃起来外酥里嫩，别具风味。

近几年，烧烤成了东北美食的一大特色，"撸串"几乎成了小伙伴们聚会的代名词。夏天的东北，最热闹的除了夜市，就是路边的烧烤摊儿。

　　街灯之下，三两好友坐在路边，喝着啤酒，撸着烤串，乘风纳凉，笑侃江湖，是夏夜最惬意的事。就像一家小烧烤店墙上写的标语，"一个人撸的是寂寞，两个人撸的是心情，一群人撸的是激情。"

　　烧烤中我比较喜欢蒜茸扇贝，烤白蚬子。火候正好，蒜香不腻，味道鲜美。其次，家乡的白玉米，超薄干豆腐卷小葱，也是我餐桌顿顿不离的美食，它们也是可以烤着吃的。

　　若说东北菜的经典或代表，当属小鸡炖蘑菇，这也是家家户户必不可少的过年菜。小鸡要选走地鸡，散养的鸡骨硬肉实，味道浓香。

　　蘑菇更讲究，一定要选深山老林的野生红蘑。这种红蘑外形如伞，顶端尖起，颜色酱红。榛蘑、香菇或其他蘑菇都炖不出红蘑的味道。红蘑肉厚香醇，硕嫩鲜美，口感丰富，和鸡肉搭配一起堪称绝配。小火炖上一两个小时，直至汤汁浓郁，肉香四溢。如果再加些自制晒干的葫芦条，味道更美。

　　一大碗香味浓浓，热气腾腾的小鸡炖蘑菇，既是一道美味佳肴也是一份朴实厚重的亲情，既能让餐桌丰盛、胃口大增，也能让内心温暖，岁月充盈。

东北的另一道特色美食是烀饼炖豆角。一大盘排骨炖芸豆，搭配一小碟薄如纸张的烀饼，总是让人吃得酣畅淋漓，齿颊留香。

豆角的种类很多，我最喜欢的是芸豆，其次是紫扁豆。几年前，去朋友家做客，第一次品尝紫扁豆，味道清香，口感独特。回去后自己也试着做过几次，味道却总不如朋友做的果腹于胃，温暖于心，回味无穷，念念不忘。于我，美食似乎总是关联一份情愫。美食如此，美景，美人，更当如是。所以总会感慨：人生若只如初见！

吃，听起来有些大俗，却要讲究匠心独运。孔子曰，"食不厌精，脍不厌细。"

苏东坡，既是北宋文坛的领军人物，也是一名美食家。苏轼在任知州时，遭遇河水泛滥，庄稼被淹，他带领当地居民筑堤建桥，控制住了洪水。百姓给苏轼送去猪肉表达感激。他亲自下厨，带领家人把猪肉炖熟，分送给百姓和修缮工程的民工。据传，苏轼做出的肉肥而不腻，嫩而不烂，色泽剔透，晶莹欲滴，味道绝美，从此得名"东坡肉"。

苏轼还写过一篇理趣横生的"猪肉颂"。写的虽然是吃，体现的却是苏轼被贬落魄时，安之若素的生活态度和乐观豁达的人生境界。

一代才子苏东坡，既能写出旷达豪放、飘逸空灵的词句，也能做出流芳千古的东坡肉；既能写出丰腴饱满、遒劲姿媚的书法，也好小酌清芳甘润的西凤酒；既能入仕主政一方，造福百姓，也能退隐山林吟风弄月，品味"环非环，玦非玦"的月兔茶。

吃是本能，食是情趣，对待饮食的态度，能拓展生活的厚度。和题诗作画一样，饮食既是一种文化，也是一个时代的风雅。饮食不但直接影响健康，还能改善心情，饮食和我们的日常生活息息相关。

提及美食当然也不能少了水果。我喜欢的水果很多，吃得较多的是葡萄。纽约的葡萄种类繁多，黑提、红提、绿提、桂花提，还有这两年引进的半中半西的巨峰葡萄。我比较喜欢韩国酒提。比美国提子多了一点酸味，少些甘鲔，比中国巨峰多了一分甜润，少些酸涩，在酸与甜中恰到好处的比例，丝滑清香；貌与质的表里如一，珠圆玉润。每次都等不及淀粉浸泡，先洗几粒放进嘴里，以飨思念了数月的味蕾。

茶余饭后，洗一盘喜欢的水果置于桌案，有淡淡果香缭绕，香沁心脾，再有一本好书，愉悦心灵，顿感岁月静好，幸福满足。

对于一名吃货，喜欢美食，自然喜欢独具特色的风味小吃，因此对传统小餐馆总是倍感兴趣。只因有点儿小洁癖，对餐馆会略有挑剔。有的餐馆环境优美，主题浓厚，以为会令人惊艳，而食物上来却华而不实，味道平平。有的餐馆看似质朴简拙，却能给你种种惊喜。

　　世界各地的美食宠坏了我的味蕾，有时，我会为了一顿火锅，几道朝鲜冷面里的小拌菜，或一道剁椒鱼头，驱车百十里，专程跑到另一城。当然除了吃，也有其他的理由，游玩、会友、散心，等等，但让我说走就走的最大动力还是美食。每次出游之后也总会有些灵感和收获，或发现一本好书或写下一篇随笔，或付诸一件有意义的事情，因此，每次出城寻访美食就有了堂而皇之的借口，也更加心安理得。

　　闲暇时，也经常自己烹饪，偶尔也会挑战一些从未做过的菜肴。向烹饪书籍请教，上网络搜索，或受哥姐指点，有时会做得很成功，色香味俱在，简直有点儿惊艳了自己；有时又会做得面目全非，让厨盲茫然无措，一筹莫展。

　　回国度假时，喜欢和家人一起寻个有山有水的农庄，品味农家菜。远离小城喧嚣，遁入一日乡村，坐在水边钓钓鱼，聊聊家常。看鸡鸣狗吠，鸭鹅戏逐，看庄稼疯长，孩子嬉闹。

　　午餐时，农庄老板会把我们钓上来的鱼烹成美味，再提前几个小时炖上一大锅美味香浓的铁锅炖大鹅，另加几道可口的农家小菜。全家人坐在一起，热热闹闹，把酒言欢，其乐无穷。

　　饭后，喜欢和姐姐一起在庄稼地旁散步谈天，或是采摘水果。因有童年在乡村亲戚家寄宿的记忆，看着大片大片结满果实的高粱玉米、桃树李树，心里总是觉得特别亲切，愉悦，温暖。和家人一起回归传统家园，还有什么比这更幸福美好的呢。

当然，即使再喜欢吃，也不能毫无节制地放纵自己，随心所欲。除了饮食合理，食材适宜，也要讲究时令，尊重礼俗。

记得去新疆旅行时，在机场候机厅拉着小行李，在各种吃食中筛选午餐。走过一个个快餐档，一直犹豫不决。直到卖饺子的女孩说了一句：上车饺子下车面，不都这习俗吗？我被说服了。生命中的舍与得，有时不能总是完全随心。人活一世，尊重世俗，懂得敬畏，学会成全，也会懂得放弃。

不光是美食，心中所爱，也是如此。喜欢的不见得一定占有，若不能携手一生，不如适时松手，诚挚祝福。

世间美食何其多。如果能与所爱之人一起分享美食美景则是人间最快乐的事。有爱相伴，有情可依，一起看落叶缤纷，赏秋夜浓情，望月色流星，待日出黎明，这样的美好画面，即使粗茶淡饭，也会令人心旷神怡，不饮即醉。

数十载风雨，行色匆匆。恍然一梦，已是半生。梦醒方知，所取虽远，所待亦不过一颗清简之心，所就虽大，所忍只为一份平淡相守。愿苍天不负，时光慢行，流年有爱，余生可期。

生有热烈，藏与俗常。

心驰天下，痴梦未央。

草木乾乾，山河朗朗。

花开长夏，谁与同赏。

后　记

这本小书由散文和诗歌两部分构成。

有的读者可能会觉得诗与散文所表达的精神完全不同。散文内敛，含蓄，沉静；诗却任性，奔放，张扬。散文的意境，既豁达通透又淡泊从容，且理性自持；诗的内容却感伤柔弱又恣意狂妄，甚至还有些不管不顾。

没错，诗与散文的风格的确迥然不同。

诗歌，随感随性，是小情绪，是真情流露，不假思索；散文，是阅历积累，是大性情，是思想沉淀，也是生活体悟。

有人说，诗歌是从人的伤口或笑口流淌出来的音乐。这种音乐就是自然、真实的情绪迸发，是瞬间真情的喷薄而出。

诗是情感的一种宣泄方式。它无需矫饰，无需遮掩，更无需阻挡。无论粗犷、霸道还是朴拙、忧伤，都是人的真实情绪。

就像一个人喜则笑，悲则哭一样自然。哭与笑既短暂又非常态，只是一种情感的外放和表达。

如果说，诗是烟花，散文就是烟火；诗是童话，散文就是生活。诗是惊鸿一瞥，昙花一现，散文则是一年四季，细水长流。

人生，不能没有诗歌，更不能没有散文。

如同我们，不管世事沧桑，心中总有烟花；无论繁华落寞，不倦人间烟火。

雪月风花，聚拢成诗，舒悦流光，烟花灿灿；

市井长巷，摊开成画，尽兴尽欢，烟火暖暖。

　　　　　　　　　　　　2022 年 11 月 20 日　于纽约曼哈顿